短篇小说集

以妆为别

ダブル・ハート

［日］渡边淳一 著

郭曙光 译

青岛出版集团 ｜ 青岛出版社

图书在版编目（CIP）数据

以妆为别 /（日）渡边淳一著；郭曙光译 . — 青岛：青岛出版社，2023.1
ISBN 978-7-5736-0427-9

Ⅰ . ①以⋯　Ⅱ . ①渡⋯　②郭⋯　Ⅲ . ①长篇小说 – 日本 – 现代　Ⅳ . ① I313.45

中国版本图书馆 CIP 数据核字 (2022) 第 146518 号

山东省版权局著作权合同登记号　图字：15–2017–237 号

书　　名　**以妆为别**
　　　　　YI ZHUANG WEI BIE
作　　者　（日）渡边淳一
译　　者　郭曙光
出版发行　青岛出版社
社　　址　青岛市崂山区海尔路 182 号（266061）
本社网址　http://www.qdpub.com
邮购电话　13335059110　（0532）68068026
策　　划　杨成舜
责任编辑　刘　迅
特约编辑　左美辰
封面设计　末末美书
照　　排　青岛新华出版照排有限公司
印　　刷　青岛双星华信印刷有限公司
出版日期　2023 年 1 月第 1 版　2023 年 1 月第 1 次印刷
开　　本　大 32 开（880mm×1230mm）
印　　张　8
字　　数　161 千字
印　　数　1–6000
书　　号　ISBN 978-7-5736-0427-9
定　　价　45.00 元

编校印装质量、盗版监督服务电话：4006532017　0532-68068050

本书建议陈列类别：日本　小说　畅销

目录

以妆为别

一

那天，我马不停蹄地忙碌了一整天。到傍晚休息的时候，我才蓦然想起昨天下午买的那包香烟还没顾上抽。

下午查房结束的时候，救护车呼啸着送来了两名出车祸的急诊病人。两人都是小孩儿，上小学的哥哥只是右脸颊擦伤以及轻微脑震荡，而他三岁的弟弟耳鼻流血、意识全无，一看就知道是重度脑损伤，X光检查的结果为颅骨骨折。医院当即给他输氧、输液，但两个小时后他不治身亡。

我确认孩子死亡后，正打算走出病房，那位母亲泣不成声地问道："孩子还有救吗？"他的呼吸中枢还在工作，但死亡只是时间问题，输氧和输液不过是摆个样子，送来时就没有救活的希望了。当然，这些是不能告诉这位母亲的，一时间，我只得假装认真地倾听她不明真相的询问,然后一言不发地走出病房。即使我把自己的判断告诉她,这位母亲可能也不会接受,关键是眼下孩子死亡已成事实,可是母亲却没有死心。三十分钟后,她到我的房间来取死亡诊断书的时候还在问:"要是再早来一会儿,也许还有救吧?"我回答道:"也不能这么说,关键是他伤得太重。"听罢,这位母亲又泣不成声:"刚开始输氧的时候,他还是好好的。"

我联想起下围棋时的情形,有些人明知败局已定,也不会当即在中场认输。即使一大盘棋确实做不活了,也要再下几手整一下形,然后再郑重其事地投子认输。医生也是一样,即使明知患者无法被救活,也不会立刻说出口,而要再努力一下。可以说,输氧和输液类似下围棋整形,然而,我知道这样的说明只能使这位母亲愈加激动,这也只能说是"不得已而为之"。这位母亲对我的回答甚为不满,两眼直勾勾地瞪着我,久久不愿离去,直到看见我开始整理病历,才绝望地离开。

我站在原地一连抽了三根香烟。播洒了一天暑热的太阳渐渐西沉。我把自己的双脚搭在另一把椅子上,掏出昨天买的那本介绍小儿麻痹症的小册子读了起来。

还没读两页,电话铃响了。"喂喂!"听筒里传来沉沉的方言尾音,我立刻就听出那是哥哥的声音,"你没忘记今晚全家在弘子姐姐家碰头的事儿吧?"

我当然没有忘记。

"说好七点开始,大家都到齐了,你快点儿来!"

听到哥哥催促,我连忙回答道:"我这就过去。"

母亲住进我供职的大学附属医院已经有一个月了。本来我也可以接手母亲的治疗，但是考虑到母子变为医患确实有些不妥，我的同事长谷部便担任了母亲的主治医生。母亲的病情如我所料，经过仔细检查，结果仍为桥小脑角区肿瘤，属于肿瘤的一种。桥小脑角区密集交汇着许多神经。那里长出的肿瘤会压迫周围的神经，属于极其凶恶的那一类肿瘤。

　　父亲和哥哥两天前就得知了母亲的病情，那些关心母亲的亲戚们也从乡下赶来，今天晚上七点在姐姐家见面，商量是否同意做脑手术。我最初在电话里听到这一消息时就明确表态："治疗最终还是得靠医生。"可是哥哥说："这可是一场生死攸关的危险手术，大家应该坐下来商量一下。"说心里话，我是懒得去听那一大堆乡下人特有的啰唆的意见，又免不了还得跟这些人详细解释那些医学知识。

　　我差十分六点离开医院的时候，夕阳下，一辆灵车停在医院的出口处，搬运工正在搬运下午死去的那个孩子的遗体。我看见那位母亲抱着用白布覆盖着的孩子的遗体上了灵车。我再次意识到，那个孩子最终还是没有被救活。冒着闷热的暑气，我来到一百多米外的那家我所熟悉的食堂买啤酒，顺便拿起了当天的晚报。让我没有想到的是，报上已经登载了那两名儿童发生交通事故的报道。报道称，小兄弟俩从巴士旁边跑出来，被从内侧驶来的厢式货车撞成重伤，弟弟和哥哥的康复期分别为三个月和一个月。我记得很清楚，自己根本就没有说过这些话，肯定是那些记者根据自己的判断杜撰出来的，也可能是弟弟死亡的消息没赶上晚报的截稿时间。

父亲、哥哥以及另外四位亲戚已经在姐姐家等我了。姐夫乐善好施，经营着一家点心厂，他家留宿四五个人绰绰有余。进城来的亲戚经常在他家住宿。

"你先过来一下。"我一走进起居室就被哥哥招呼进了右边的偏房里。

"上次跟你说的那件事，你考虑得怎么样了？"哥哥在沙发上坐定的同时问道。

我一时想不起来是哪件事。

"就是吉冈先生家千金的那件事。"一周前从乡下来的时候，哥哥拿来了同町那家木材商的姑娘的照片劝我相亲。

这时我才想起，那张照片至今仍原封不动地搁在研究室的抽屉里。

"你现在还和原来的那个女人来往吗？"哥哥看着我认真地问道。

我倚着椅子，摇着腿，一时不知如何回答，心里盘算着。其实那件事根本就不用盘算。

"还是不想分手？你已经三十岁啦！"哥哥这话一点儿都不假，"妈妈一直放心不下。妈妈要是撒手人寰怎么办？别老让亲人为你担心呀。"

我觉得，大我三岁的哥哥跟我讲这番话，意味着父亲把这家店给了哥哥。母亲没了该怎么办？

小时候，我们哥俩向来都是团结起来对付邻家的孩子们的。那时候，哥儿俩团结得跟一个人一样。

"喂,你说话呀!"哥哥催促起来。

"你就别操这份心了。"我回答道。

"那不行,世上的事没你想象中那么简单。难道你真的想娶那个女人?"可是,实际上我们已经同居了。"你也算是一个堂堂的大学生,怎么能跟一个下等女人搞到一起?那种女人……"

我百无聊赖地数着窗户上垂着的百叶窗的横条,数到二十三再往上数,来回数了好几遍,心里盼着哥哥快点儿把他的忠告说完。

"当然,你可以坚持己见,不过我倒觉得,妈妈得这场大病的原因之一,就是为你的事操碎了心!"

"我说过多少遍了,别操心我的事!"我回答道。

哥哥像是在看一个怪物一样盯着我的脸。这两三年,哥哥明显有些发福了。小时候,人家都说我跟哥哥长得一模一样。可是我端详着眼前哥哥那血气方刚的圆脸,感觉自己和他从体型到脾气都截然不同。

这时,姐姐敲门进来说道:"大家都在等着,快开始了。"我像是终于等到了一个机会一般,立刻站起身来。

进了起居室,舅舅先问道:"怎么样?你妈妈的精神还好吗?"妈妈家共有姐弟四人,现在只剩下这位比她小的弟弟了。

"不是特别好。"我含糊其词地回答道。

大家早已围坐在桌旁等待着了。哥哥一声不响地坐在一旁,刚才跟我的那段谈话使他感到不快。姐姐把自己的孩子交给女佣之后,哥哥开始发言。

"现在主治大夫主张手术,但是听说手术相当危险。要是真的很危险的话,我看还是不做为好。"

"看来相当危险呀。"父亲对我说道。

"我也这么认为。"我回答道。

"竟有这种怪病,眼睛失明,耳朵失聪,现在连水都喝不进去了。"舅舅感叹着。

舅舅是乡下一家鱼铺的掌柜。我记得小时候,他经常领着我玩。他平日里慷慨大方、乐善好施,在家族里德高望重,对母亲的病情更是十分关心。

接下来是众人七嘴八舌的讨论。哥哥说,成功率超过三成就做。父亲说,觉得危险就赶快停下。姐姐说,手术之前一定要让妈妈吃好。舅舅说,手术前应该接妈妈回老家跟大家见一面。

母亲的病灶已经压迫到了吞咽神经,不仅视力和听力没了,连吃喝都不行了。如果肿瘤再增大五毫米,压迫到呼吸神经,人就没救了。稍微查阅一下有关这种病的文献,就能简单预测出病人所剩的时间已经没有多少了。我已经查阅了所有能找到的资料。我估计母亲顶多还剩下一个月。别人怎么说都无济于事,母亲的病回天乏术的现实无疑正渐渐逼近。我从医已有十年,其间所学的各种知识,更加证实了一直以来我对母亲病情的预判。长谷部他们也认为,即使做手术也无济于事。人脑中这部分的肿瘤是根本无法摘除的。即使慎之又慎地"摘除"三分之一的病灶,也会刺激这个部位的脑细胞在四十八小时以内死亡。迄今为止,这种手术没有一例成功。总而言之,现阶段根本就没有康复的方法。

大家七嘴八舌地啰唆了一个小时。谈话间,大家对这种病愈加感到恐惧,对病情发展也愈加束手无策。

"那么,你看现在怎么办才好呢?"最后父亲问我。

"我也没有什么好说的,我想只有相信大夫了。"

无论如何,最后只能二选一,要么手术,要么放弃。说真心话,对我来说,怎样都行。我心里比任何人都清楚,母亲去世已是无法避免的事了。

"那就手术吧。"父亲作了决定。

"即使手术失败,我们也要做最后的努力。"哥哥也跟着说。

我一言未发,默默地点上一根香烟。大家也都沉默不语,催促着我表态。

"无论哪种选择,结局都是一样的。"我的这句话的含义,他们似乎并没有马上明白。

过了片刻,哥哥问我:

"你说的'结局都是一样的'是什么意思?"

无论我们怎么努力,母亲都没有救了。我欲言又止。这种时候,我知道母亲将不久于人世,而我不同于在场的其他人,总觉得自己与他们之间有一种难以形容的差异。

"希望能有救。"父亲小声自语道。

在场的人都在考虑如何治好母亲的病,这是不切实际的。我想让他们明白,这是异想天开,不过,解释得再好,也救不活母亲。我只想知道,母亲是怎么想的。

"你妈妈说,希望接受手术。"父亲说道。

"那样的话,当然没问题。"我已经不想再说这些了。

听了大家的这番对话，我陷入了恐惧之中。

大家都不愿看到母亲死去，但是我恐惧的并不是母亲死去。在母亲的所有孩子之中，只有我知道母亲会死，确定母亲会死。我比任何人都更确信母亲的死。这太可怕了。如果我也和大家一样，说些诸如"将来脑瘤会消失""通过手术切除肿瘤就会得救"之类的话，母亲就能如愿得救吗？万一有这种可能，为什么只有我自己不去相信这种万一的可能呢？

六个人都陷入了深深的沉默之中。父亲用手拄着额头，哥哥用手托着腮，舅舅一根接一根地抽着烟，姐姐和舅母一直伏在桌上。大家都在沉思。我环视了一圈之后，觉得自己肯定和这些人不在同一个空间里，而且相距遥远。

我和在场的所有人都很亲近，但是感觉上没有半点儿共同之处。恍惚间，我觉得自己是从其他星球来的误入地球的外星人。父亲、哥哥和姐姐都相信母亲能得救，期盼母亲健康长寿。唯独我从孤寂的世界来宣告母亲的死亡。这不就像死神在默默地向周围散发着死亡的味道吗？我从冥界来，带着一副冰冷的面孔混入这里。沉默之中，我产生了一种错觉，仿佛自己被以前与自己同类的人们所抛弃，被抛回了灰色的荒芜世界。

二

第二天，医务室研究决定明天手术。

"你参加你母亲的手术吗？"主任问我。

说实话，我没有勇气执刀为自己的母亲开颅，却想把那个病灶的情况搞个水落石出。

"让我协助你们做手术吧。"

"那就当助手吧。"

就这样，医务主任、长谷部和我组成了三人手术小组。

下午五点，我来到母亲的病房。病房里有父亲和亲戚们，还有从老家赶来的母亲的挚友。他们七八个人形成了一堵人墙，围在病床周围。

"等你好了，我们一起去野中温泉。小原和清川他们干得正起劲儿呢。"

"还记得吗？胜彦的那篇描写奶奶的作文写得太好了，老师还当着全班同学的面朗读过呢。"

"到了秋天，你应该和你老伴儿一起去关西旅行一趟啊。"

大家轮流趴在母亲的耳边，讲的全是些激励和安慰的话。不知道母亲是否真的听到了，她只是应着呼声点着头。我站在人墙后面注视着母亲。我每天都能见到母亲，对这一个月以来渐渐憔悴的母亲再了解不过了。此时癌细胞肯定正在一刻不停地增殖着，吞噬着母亲体内的养分。

下午六点，护士来提醒我们探视的时间结束了。我们依次握着母亲的手说几句宽慰的话，然后走出病房。

"会好起来的。""加油呀。""明天这个时候，我们就可以谈笑了。"大家鼓励着母亲，为她鼓劲儿加油，同时也试图以此来打消自己心中对手术的不安。母亲听着，一一点头，小声地还礼。

轮到我的时候，母亲一触到我的手掌，立刻就认出了我。此刻，我心里有千言万语想对母亲说。我想请母亲宽恕此前我所有的任性，可是心里的千言万语此时竟无从说起。我只是使劲儿地握着母亲的手。我觉得自己手中握着的已经不是母亲活生生的手了。小时候，母亲曾经用这双手遮住灯光哄我入睡。眼前我正紧紧地握着母亲的即将触摸死亡的手。母亲的嘴动了动，但没有发出声音。我解读出她是在说："你要好好的。"我连忙松开手，奔出了病房。冷冰冰的感觉从手心传到了我的后脊梁。亲戚们簇成一团站在走廊上，而我心里却在回味母亲的那句话。说不定此刻母亲已经意识到自己可能下不了手术台了，否则她不会对我说这番话的。

　　我转念又想，或许我握手的方式让母亲预感到了死亡即将来临，或许我的手带着死亡的气息令人恐惧。在七嘴八舌的亲戚们当中，我又感到了那种被疏远的隐隐的恐惧。

　　第二天，不到六点我就醒了。手术九点开始，八点就要对母亲实施全麻，让她昏睡。现在去的话，肯定还能见到醒着的母亲。想到这里，我在床上跟女儿嬉闹了起来，我只想用这种方式熬过早上的这段时间。孩子们身上都流着与母亲一脉相承的血，此刻唯有我自己从母亲那里真实地感觉到了死亡的迫近，真是太可怕了。

　　手术从九点十分正式开始，开颅找到病灶时已经十点了。肿瘤位于小脑的一角，有鹌鹑蛋大小，病灶呈黄色，与周围的白色脑组织明显不同，就是这块黄色的肿瘤压迫了周围的神经。

　　要是脑组织弄出血来，患者就没救了。大夫们一边用药棉轻轻压住，一边试图从脑组织中将黄色的肿瘤剥离下来，不能损伤附着在上面的无数毛细血管。肿瘤的表面部分,操作顺利的话,还比较容易剥离,可是侧面和背面就没那么容易剥离了,必须沉住气,不能着急。这个部位的周围密布着重要的中枢神经,稍有不慎,触及它们,就会引发各种各样的症状。他们耐心地进行着每一个步骤的操作,先在肿瘤部位切开了一个小洞,然后开始摘取其中的病灶。十点三十分,电动手术刀带着抽吸的震动和"吱吱"的烧灼声迅速掠过耳畔。纤细的仪器也很难将病灶的肿瘤部分取出。病灶正下方就是呼吸中枢,如果弄出血来,患者的呼吸就会立刻停止。将肿瘤部分全部取出是根本不可能的,肿瘤还剩下大概三分之二,这时已经有多处出血点了。

这一瞬间,我忘记了现在正在为自己的母亲做手术。眼前这个被黄色薄膜覆盖着的肿瘤就是我的敌人,它使我产生了一种冲动,想亲手狠狠地抓住这块黄色的肿瘤,将其一下子摘除掉。此刻,要是我的手插进这个纤弱的大脑之中的话,母亲就会立刻死去,但是,眼下我的大脑里只有一个念头,就是摘除眼前这个很难摘除的黄色肿瘤。

到了下午一点,肿瘤摘除手术没有什么进展。负责麻醉的医生开始追加输血、测量血压,忐忑地关注着手术的情况。

这时,主任猛然抬头看了看时钟,一下子停住手,接着,他把我让到了能够看清楚肿瘤的位置。"这个覆膜必须得全部摘除,但根本做不到。现在只摘除了肿瘤的右半部分,左边那一部分连着脑干,下方是延髓。这种状态继续下去,引起浮肿就麻烦了。"他的话千真万确。我点点头,用自己的右手拿起了骨起子。

"我试试。"我一边说，一边把骨起子轻轻地放到左右外膜的接缝处。这样拉起骨起子的话，说不定那块黄色的癌症病灶会被一下子连根拔起。我一时走火入魔，脑子里的想法变得简单。

我想试试。不成功怎么办？也许能成功。我内心斗争激烈，右手自然而然地将骨起子插进了脑组织和肿瘤的接合部。

"你！"主任大叫起来。

此时，我的视野里只有那块黄色的肿瘤。可是这块"十恶不赦"的肿瘤却像一座久攻不破的坚固堡垒一般纹丝不动，蛰伏在脑子的一角。我继续推骨起子。

"你！"主任再次大叫。

这时，只见恶魔般鲜红的血液从骨起子的尖端奔涌出来。主任一把将我推到一边，自己站到了中央，迅速把药棉插了进去。可是，鲜红的血液像蛇的舌头一样从药棉的下部迅速浸润上来，眼看着周围被染成了一片红色。抽吸机不停地抽吸着，将鲜血顺着塑料管"嗖嗖"地吸了起来。我右手握着骨起子，茫然地注视着鲜红的血流。主任和长谷部在拼命地给母亲止血，她的出血量不断增加，我只能紧闭双眼，等待着这个过程结束。到了下午一点十分，出血总算减少了。

"简直是胡来，不能造次，你懂吗？"主任发火了。

我点点头。

我把脑膜缝好，把打开的颅骨重新合上，然后敷上肌肉，缝好头皮，恢复了三个小时前进来时的样子。现场没有一个人吭声。这种沉默告诉大家，尽管由这些专家主刀，手术却依然以失败告终。其实,这是一场从开始就没有胜算的战斗,但是在做手术的时候,大家还踌躇满志。手术就这样失败了,不但没成功,还白白给患者造成了这么多损伤。医生们就这么默默地败下阵来,跟战场上铩羽而归的残兵没什么两样。

我们缝完头皮,揭下手术布单。这时候,我才意识到,患者就是生我养我的母亲。我脱下手术服,摘下胶皮手套,端详着自己的手。这只昨夜和母亲相握的手,掌心还残留着少许滑石粉的残渣。一个月前,我就已经确信了母亲的死,昨天、今天,直至现在都丝毫没有改变。

三

我一出手术室,全家人就一下子围了上来。

"怎么样?"哥哥急切地问道。

"大家拼尽全力了。"我回答道。

"成功了吗?"舅舅问道。

"成功还是失败,现在还很难说。"我答道。

我们回到母亲的病房等着她从手术室回来。病床上空空的,四周摆满了花篮和果篮。我感到口渴,就打开了一瓶橙汁喝了起来。

等我喝完,姐姐说道:"你讲讲手术的详细情况。"

"总之,是一个鹌鹑蛋大小的肿瘤压迫了神经。"我回答道。

"那治好了吗?"舅舅问道。

"手术不能说治好治不好,只能看结果。大家也都明白,这种病不是那么好治的。"我回答道。

"这么说没治好？"哥哥问道。

他们希望得到干脆的回答："有救""没救""能治""失败"。现在母亲的手术结果用哪种表述更合适呢？ "二十四小时之内,母亲就会死亡。"这就是我心中的正确答案。我想大声说出实情,可我为什么总是被迫选择沉默？想到这里,我模棱两可地回答道:"人的命运是无法预测的。"接下来就没人再向我提问了,大家各自找地方坐下,忐忑不安地等着母亲归来。

在亲戚们的眼里,我常常被看成死神的化身,总是带来死亡的气息。他们视我为不祥之人。

我来到走廊上。病房的门朝着走廊敞开着,门上挂着白色蕾丝门帘。有个脑袋上缠着绷带的小孩儿正在吃午饭。还有个病号躺在床上,胸前架着饭桌,桌上摆着餐具,他一面照镜子,一面吃饭。病房里传来音乐声和棒球比赛实况的转播声。我无法预测这些人的生死,也许他们都会快快乐乐地活下去。眼下,我能预测的只有母亲的死。

过了一个小时,母亲回到了病房,她依然处于昏迷状态。往床上移动的时候,麻醉医生从母亲鼻子里拔出吸氧管,接着罩上了塑料氧气面罩。输血和血压监测一刻也没有停止。大家都站在后面远远地看着医生们熟练的操作。手术后病人也是昏迷状态,根本醒不了。

我望着母亲那罩着氧气面罩的脸,想起手术现场看到的那个鹌鹌蛋大小的黄色肿瘤。那个肿瘤真的摘不出来吗？要是从外侧插进去且不引起出血的话，也许能摘出来吧？一个钟头之前，骨起子触及肿瘤时的那种触感，现在还一直留在我的手指上。难道就没有什么办法吗？主任和长谷部都没有想出解决办法。每个人都墨守成规、按部就班。可是，真的毫无办法了吗？那个黄色的肿瘤真的摘不出来吗？再进一步就意味着病人当场死亡，但是，反正不就是一死，我想横下心猛地来上一下，毫不留情地将其摘除。我的举动近乎疯狂，结果也是徒劳无获，空发议论都是白搭，结果依然是回天乏术。人家都说摘除不了，我自己也深信不疑，想来想去，没有更好的办法。对此，尽管我心知肚明，但仍抱憾不已。

我回到病房，看见长谷部来了。他用眼睛跟我打了个招呼，然后就开始把脉、听心音。病房的门上贴上了"谢绝探视"的纸条。在护士们的催促下，亲戚们慢慢退到走廊上。

"怎么样呀？"哥哥临出门时问长谷部。

"该做的都做了。我看今明两天很危险，家属要有个思想准备。"长谷部看着哥哥的脸说道。

听了这番话，亲戚们顿时安静下来。

"辛苦您了！"

我表示感谢的时候，长谷部表情异常凝重："让我再努力一下。"他是想表达，认输之前，他还要再做最后的努力。我点了点头。

走廊上传来窃窃私语的声音。

"看样子不行了。"父亲叹息一声。

接着是姐姐的抽泣声。

当天晚上，我在母亲的枕边守了一夜。父亲、姐姐和舅舅也都没有离开。长谷部也说要留下，我跟他说，这里还有其他值班医生，最后还是劝他回去了。实际上，他自己心里也明白，他在这里也无济于事。

每隔半个小时，我就要为母亲测一次血压、吸一次痰。值班医生、护士和我都极力保持平静。父亲和哥哥也一夜没合眼，一直跪坐在铺在地上的席子上守着母亲。

母亲病危的消息，已经发电报通知过亲戚们了。可是，父亲又说忘记通知函馆的村井先生了。

"现在不通知也不要紧吧。"我劝说道。我心里明白，现在叫亲戚们来，母亲也没有意识，跟母亲过世之后通知他们是一样的。万一母亲恢复了意识，再通知也不迟。

"不过，即使昏迷，也还是趁活着通知他们好一些。"哥哥说完就离开病房发电报去了。

到了夜里，母亲的体温升到了四十摄氏度，身体滚烫如火，呼吸的时候，头部痛苦地左右晃动，看样子体温调节中枢已经受到侵蚀，脉搏每分钟一百多次了，真不知道她能否挺到天明。

姐姐不停地把桶里的冰分开，为母亲更换着手脚上和腋下的冰袋。

值班医生每隔三十分钟来看一次，用听诊器听完又摸一下脉搏，吸完痰后，给她注射了强心针，又把氧气面罩的供氧量提到了最高，退烧针连打了两支。她的低压到了六十毫米汞柱就再也没有升上来。他摸着母亲的脉搏站着没动。死亡只是时间问题。

我已经放弃了抢救母亲的念头。父亲和哥哥守在床边，只等着医生宣布母亲离世。我知道值班医生的一切努力全都无济于事，眼下大势已去，回天乏术。

他到底知不知道母亲已经没救了？也许他在考虑如何救治母亲吧。值班医生手忙脚乱地忙前忙后，时刻留意着母亲身体发生的每一点细微的变化，注射着各种针剂，但是这一切对母亲的身体是毫无效果的。母亲的身体已经不具备吸收药物的能力了。从呼吸上看，呼吸中枢神经很明显已经受到了侵蚀，在这种状态下，是不可能通过注射来恢复呼吸中枢神经功能的。母亲这种状态是大脑受到损伤造成的，已经无药可救了。脑中出血迅速弥漫，无疑会压迫正在肿胀的呼吸神经，这一点我看得清清楚楚。现在无论做什么都无济于事。可以说，死亡是不可避免的。死亡正在步步逼近，眼前的这位医生还认为凭自己的努力能够救活母亲吗？如果有救活母亲的方法，我也想知道，我也会去做，我会做得比他更好。

"辛苦了！吃点儿水果，休息一下吧。"凌晨三点，我拿着果篮来到值班室的时候对那位年轻的医生说。

"现在是最危险的时刻，去休息不是开玩笑嘛。"他满脸惊讶，表情呆滞地说道。

"我心里明白，现在正是最危险的时刻……"这个难关今天上午就会过去。

"先生，你想让令堂早点儿离开吗？"医生反问道。

"人肯定还是活着好。不过，你们都已经竭尽全力了，此后我们就都无能为力了。"我说道。

"不是那么回事儿。现在病人的心脏还在跳动,还不能放弃。"他一面说,一面指示护士又打了两剂强心针。

"言之有理。"我的嘴角突然浮出一丝微笑。年轻的医生那认真的表情令人发笑。

"继续这样可能就鲁莽了。"我说道。

"鲁莽?对什么鲁莽?对神灵?对患者?您是医生吗?"

护士们听了他的话,纷纷离开了办公室。

我本来就是医生。我觉得自己作为医生,比任何人——至少比这位值班医生要靠谱得多。

"您这样尽职尽责令人难以接受,接下来也是一回事。我认为我们今后的努力都无济于事,只是……"

"只是什么?我是认真的。我是值班医生,我是在尽我应尽之责。"

他话音刚落,我就开口说道:

"如果您是为了自身利益,一心只想做到底的话,那就另当别论了。"

"你给我出去。"他面色苍白地看着我。

"希望您别生气。"说完,我走出了办公室。

到了昏暗的走廊上,我迈着碎步往前走,和这位医生也越来越远。从昨天开始,我心里的气就不打一处来。我想,我必须回到自己的世界里去。

在姐姐家等待着的亲戚们都聚集在病房里。母亲因呼吸困难而痛苦。夜空中乱云东流,薄薄的亮光渐渐从云层的尽头映射出来。

这一夜终于熬过来了。

母亲张着大口使劲儿吸入一口气,又慢慢吐出来,接着间隔五六秒钟,再喘下一口,这是人弥留之际才会出现的潮式呼吸。我把听诊器搭在母亲的心口上,母亲的心脏跳两下停一下。母亲已经奄奄一息,她的呼吸中枢最终被破坏了,大口的喘息之后是长长的空白。母亲已经没有呼吸了,脉搏也消失了,唯有心音依依不舍地继续跳动了两三下,接着,心音也消失了。我把听诊器使劲儿压在母亲的心口上寻找微弱的心音。五秒过去了,十秒过去了,可是母亲的心脏再也没有跳动。

我收起听诊器的时候,一家人一下子扑到了母亲的身上。在场的父亲、哥哥、姐姐、舅舅、舅妈,有的伏在母亲身上,有的蹲在床边,哭成一团,只有我一个人木然地站在那里。

母亲真的走了,十秒钟之前停止了心跳。为什么紧挨着母亲的我却没有哭呢?现在真的没法儿挽救了吗?一切真的都晚了吗?是时空倒错,还是感情麻木?我已经跟全家人渐行渐远了吗?我想扑上去,但只是心里想,身体却仍然呆呆地立在原地,表情冷峻,仿佛荒原上的石块一样。

七点半,长谷部来了。他一看见我立即鞠了一躬:

"我来晚了。"

我们之间当然不需要这种礼节性的寒暄,接着,他吞吞吐吐地说:

"我有个请求。"

我看出他有些话不便在病房里讲,便从人群里挤出来,朝医务室方向走去。

"其实……"他一开口讲话，我就猜出了他想对我说的内容。

"没必要进行病理解剖，因为病情一目了然，不过，脑子应该保存下来。"我当然同意他的建议，作为医生，我没有理由拒绝，还应该积极支持这种建议。

"可是，家属会反对吧？"

"我去说服他们。"我回答道。

遗体解剖的建议遭到了以父亲为首的其他家庭成员的反对，尤其是舅舅和姐姐，他们声称坚决不接受。他们认为，摘除大脑就等于毁容。舅舅说，没了脑子，母亲的灵魂就会消失。死者走了是不会留下灵魂的，头上扎着绷带不会伤及面部。这些情况我解释了半天，总算得到了他们的理解。

上午十点，我们在位于地下室的解剖室里再次给母亲做了开颅解剖。解剖是允许家属在场观看的，哥哥、舅舅和表哥获准进入现场。可是当母亲的颅骨被从侧面锯开三十厘米的时候，他们一个个捂着脸退到了屋外。

"你还能看吗？"哥哥满脸惊讶地看着我问道。

过了二十分钟，母亲的大脑被从颅内轻轻取出来，医生们用很多药棉填满了大脑取出后留下的空间。颅骨被再次缝合起来，缠上了绷带。取出的大脑用水冲洗过，轻轻地被放在瓷砖垒成的冲洗台上。直到今天早上，这个大脑还是活生生的。前天母亲还曾根据这个大脑发出的指令握过我的手。

长谷部和我把昨天白天在手术室缝好的线拆开，取出了曾经与之恶战苦斗过的那个黄色肿瘤的部分残余。其周围还有红色的血肿,周围的神经就是被这个肿瘤肆意压迫摧毁的。病理医生拍了照,长谷部粗略地画了一幅草图,实习生认真地听着医生的讲解。

四

亲戚们收拾好母亲的被褥,整理好病床,捧着花篮去了地下的太平间。

解剖到中午十二点才结束。参加解剖的助教给母亲的遗体穿上了白色的寿衣,纳入了白色的木制寝棺。我在一旁袖手旁观,目睹了整个入殓的过程。

"寝棺里还要放入什么东西吗?"一位助教来问我。

到底要放入什么东西呢? 我这才意识到,弥留之际来探望母亲的人很多,但没有人告诉我她的后事的具体操作,于是我把亲戚们叫进解剖室,询问他们寝棺里到底应该放入什么东西。

"在这种地方什么也没必要做,下一步才是最重要的事。"舅舅说道。

看来在这里是什么也不需要做了,最后大家决定先将寝棺运到姐姐家。

母亲的寝棺一运到姐姐家,大家就立刻忙碌起来。人是走了,但后事的各种各样的意见和做法却令我感到惊讶。我之前一直抱有的"人死如灯灭"的想法显然是太不谙世事了。这才刚开始,剩下的事必须由大家齐心协力一起动手才能完成。

我和司机抬着母亲的寝棺进了里头那间八张榻榻米大小的房间,准备安放的寝棺又被调整了方向。

"死者的头得朝北。"舅舅说道。

可是这个房间的北面在哪里,我还真搞不清楚。

安置完毕之后,寝棺的盖子再次被打开,只见母亲遗体的口鼻和耳朵里都塞着洁白的脱脂棉。接下来是扶起遗体用温水清洗。

"支起身体……"舅舅吩咐道。

我挽起衬衣的袖子,将双臂张开形成支撑,托住了母亲的背部。母亲的遗体已经呈死后的僵直状态,背部僵直不能打弯,而且渗出了黑色的血斑。年过半百的母亲有些发福,但临终前体重却只剩下不到一百斤。可是人死后却特别沉,我托了五分钟,我的胳膊就感到有些撑不住了。我心里想得简单:等他们用毛巾擦完母亲的手脚,这个流程就该结束了。

"这是给遗体化妆,要拿化妆品来。"舅舅向姐姐吩咐道。

可这些讲究我一窍不通。我的爷爷奶奶在我小的时候就去世了,我已经有二十年没参加过葬礼了,因此,我对葬礼的那些规矩和细节一无所知。

从姐姐手里接过化妆工具,舅舅正对着母亲的脸端详了片刻,然后双手合十行礼。他的双手蘸了蘸化妆水,将其涂抹在母亲的双颊上。

"这是赴黄泉之旅,必须打扮得漂漂亮亮的才能去极乐世界啊!"舅舅像是自言自语地念叨着,那双粗糙的蘸着乳液的手在母亲的脸上涂抹着。

父亲和哥哥认真地用毛巾蘸着温水为母亲擦拭手脚,其余的人围成一圈跪坐在一旁,凝望着母亲化妆后漂亮的遗容,反复地吟唱着"南无阿弥陀佛"。

　　"漂亮了,漂亮了呀。"舅舅口中反复吟唱般念念有词,用粉扑将白粉扑在了母亲的脸上。母亲年轻时就是远近闻名的美人,现在扑上薄粉、涂上口红之后,反而呈现出一种与生前不同的静态之美。

　　我现在手臂酸麻,因为一直支着一条腿席地而坐并且托着母亲的背,我的脚踝也酸疼不已。我不禁环顾四周,想看看有没有人能替换一下。此刻舅舅正面露悲伤地为母亲涂着腮红,父亲和哥哥正弯着腰,趴在寝棺上为母亲剪手脚的指甲。姐姐和亲戚们手持念珠,用手帕擦着眼泪,不停地祈祷着。这间点心厂里的八张榻榻米大小的房间里灯火通明,四个男人围着母亲的遗体为她擦洗手脚并化妆。每个人都仿佛被神鬼附身一般,脸上的表情十分认真。

　　这时,我的脑海里突然生出一个奇怪的念头。这帮人在这里围着一具遗体究竟在忙活什么?是想让母亲复活吗?现在无论怎么做,她也不可能起死回生。这些人是被什么无形的神鬼附身了吗?为什么他们个个都正气凛然?难道是我遁入了狂人的圈子之中?我觉得唯有死者和我正在与他们渐行渐远。假如我身陷这个怪圈、接受这些做法,我就会和母亲一样被埋葬吧?我突然感觉到一种身陷其中不能自拔的难以名状的恐惧。他们真的是正气凛然吗?我得逃走!瞬间的恐惧使我的手从母亲的身下松开。随着一声肉体跌入寝棺的巨响,母亲朝后倒了下去。

　　"怎么回事?"大家不约而同地抬起头看过来,这才发现浑身瘫软、靠在墙边的我。"到底是怎么回事？"这一次大家的质问声充满了怨愤。

看来我没有遁入那个怪圈。为什么非要把静卧着的遗体从棺材里托起来，进行这些仪式？逝者是不能复生的。事到如今，我们无论如何也改变不了现状。如果给遗体化妆、念经超度就能寄托对母亲的无尽怀念的话，那也太简单草率了吧？事到如今，还能再做什么呢？莫名其妙！看着围着母亲的这帮人，我的心中升起一股无明业火。我想起了那个鹌鹑蛋大小的黄色肿瘤。我想摘掉这个周围渗着红色鲜血的恶魔。为什么摘不掉它？能摘掉吗？我反复思考着，在我的视野里，鲜血不断渗出，黄色的肿瘤被血掩埋，不久，我的视野也被鲜红的血全部覆盖了。

等我苏醒过来，知道自己躺在姐姐家的一间屋子里时，已经是三十分钟之后了。我觉得头脑昏沉，便用冷毛巾擦了一把脸，漱了一下口，来到里面那间八张榻榻米大小的房间。一进门，大家都好奇地回头望着我。

"我太累了。"我自言自语地说道。

入殓仪式还在进行。遗体化妆已经结束，穿着一身白色寿衣的母亲重新躺进了寝棺里，她的头上缠着白色的头巾。年轻时就皮肤白皙的母亲，经过入殓时的化妆，此时面色红润，显得更加妩媚。舅妈匆忙赶制出来的手套和绑腿已经给母亲穿戴整齐。最后，母亲手里还被塞上了那根住院时使用的手杖。

"你们准备草鞋了吗？"父亲问道。

现如今的城市里已经没有卖草鞋的了,没有一个人留意过。

"去西方的极乐世界,没有草鞋是不成的。从哪儿能搞到呢?要是在乡下的话,很快就能配齐。"我从舅舅的话里可以听出,他对必须在这里火化感到遗憾。

"想办法运回乡下怎么样?我让她回去跟大家见见面。她这个人,整天拼命干活儿,从来不休息,以后总算可以歇一歇了。"父亲这番话又把大家说得悲痛不已、泣不成声。

"那就运回老家吧。"哥哥说道。

没有一个人表示反对,不过每个人心里都感到一种同样的不安。往老家运,快的话也要过了明天的守夜和后天的告别仪式。后天是皇历上不宜出殡的日子,再推后一天就是死后的第四天了。这种大热天,大概用不了两天,遗体就会开始腐败,发出恶臭。遗体变质的话,就更对不起逝者了。从这些方面考虑,应该在今天早上火化。

"我想带她回老家。"父亲再次发话。

"有没有什么可以防腐的药品?"舅舅问我。

我曾经听说过,病理解剖的时候,有时候解剖检查一次完成不了,需要将遗体保存几天,可以将防腐剂注入遗体的大腿静脉。

"有倒是有,不知是否容易搞到。"我心里根本没有底,"总之,今天时间已晚,办不了了,明天我去问问看。"

忽然,我的后背一阵发凉,一咽唾沫嗓子就发疼,看样子是感冒了。

表哥说他打听到两三家卖草鞋的店铺,就开着车去取草鞋了。

这时，姐姐的四五个邻居送来了花圈，灵堂里也渐渐热闹起来。夕阳西下，已经是晚上七点了。到了吃晚饭的时间，吊唁依然没有结束的迹象。北村舅母从佛具店买来了头陀袋，先是装进去一文钱，然后又把母亲使用过的梳子和烟管等物品装了进去。

"你母亲平时喜欢抽丰收牌香烟。"父亲说道。

我一直头脑昏沉，于是赶紧趁着买烟之际出了门。第一家烟铺没有丰收牌香烟，于是我走向第二家。这时一阵寒意袭来，我浑身发冷，大概是发烧了。不巧，另一家烟铺还是没有丰收牌香烟。我继续寻找下一家。我横下心，说什么也要找到这种丰收牌香烟。走在夕阳迟迟未落的街上，我的脑海里不禁浮现出母亲脑袋里那块黄色的肿瘤。为什么我没把它摘除呢？难道根本就不应该去摘除？手术不仅没摘除病灶，反而加快了母亲的死亡。也许不做这台手术更好，可这也都是无奈之举。反正已经到了这一步，一切都结束了。

这时候，令人觉得奇怪的是，现在找到丰收牌香烟的话，我大概就会得到宽恕。肿瘤没被摘除跟寻找丰收牌香烟原本就是风马牛不相及的两件事。尽管如此，我心里仍在想，只要找到丰收牌香烟，各种懊悔就会烟消云散。走了半个钟头，我终于买到了一包丰收牌香烟。

回到家，我按规矩剪了指甲，然后把剪掉的指甲屑用草纸一一包成小包，递给了舅舅。舅舅将其捆扎后装进头陀袋，又用纸包了三个撒上芝麻盐的饭团装进头陀袋。

这些为死者送葬的规矩，我也曾偶有所闻，不过乡下人对此都谙熟于心,而且十分讲究,其实这一点舅舅和父亲都心知肚明。舅舅在老家算得上是一位名士。每遇白事,他大概就会如此这般展示一番自己这个令人眼花缭乱的绝活儿。可是,令我不解的是,不仅舅舅和父亲,就连哥哥姐姐也对这些规矩乐此不疲地积极响应。这种事是生者对死者做的,也许做完这些之后,我们就可以和逝者告别,继续自己的生活了吧。

　　我又想起刚才到处去找丰收牌香烟的情景。这一系列吊唁仪式,也许就是为了去赎我们曾经冒犯过逝者的罪。也许吊唁仪式搞得隆重一些,我们就会觉得自己得救了,被宽恕了。吊唁也许可以冲抵生者对逝者的悔意。我也想去做些什么,哪怕再给母亲打一回下手或者为她念念经祈祷一番,像哥哥姐姐那样尽一番自己的力。这样的话,我也肯定会从对母亲无尽的悔意中解脱出来,但是此刻,黄色的肿瘤和如火般鲜红的血液一下子充斥了我的整个脑袋,想起这些,我就像一个木偶一样动弹不得,只能呆若木鸡地凝视着眼前这些忙碌的人们。

　　过了一个钟头,表哥终于找来了一双草鞋,父亲和哥哥很高兴,赶紧给母亲穿上草鞋。头陀袋里装着三个饭团再加上那包丰收牌香烟,袋子显得满满的、鼓鼓囊囊的。至此,母亲去往极乐世界的旅程的准备工作圆满完成了。

　　只有亲戚们参加的守夜从八点半开始了,先是和尚念经,寝棺前摆着五个花圈,整个屋子里弥漫着线香特有的香气。至亲们围拢在母亲遗体的四周。精心装扮过的母亲手持拐杖,肩扛头陀袋,静卧在灵柩中。我手持念珠,垂首默祷,脑子里一片空白,一心只想为母亲祈福，然而，我闭上眼睛，那块黄色的肿瘤就像恶魔一般清晰地浮现在我的脑海里。眼前躺着的仿佛不是我的母亲。现在我在为谁祈祷呢？我们为什么要对着眼前的遗体祈祷呢？眼前浮出尸斑的直挺挺的遗体能感知我们的祈祷吗？为什么祈祷？为谁祈祷？为母亲吗？可是眼前的母亲已经成了遗体。那是为了我们自己吗？所有人不都在为自己祈求逝者的宽恕吗？我悄悄抬起头窥视了一圈周围的人。父亲、哥哥、姐姐、舅舅、舅母，每个人都双手合十，闭目默祷。所有人都跟着和尚的念诵，唱着经文。一整夜，木鱼声响彻整间屋子。

五

当晚九点多，乡下老家的亲戚打来电话，通知内容如下：确定葬仪委员长由村委会议长担任；友人代表由小原奶奶担任；因为八号不宜出殡，改在后天出殡；遗骨安放在西南小岭上的南乘寺中。

舅舅提议，送殡队伍就走从乡下的老家到南乘寺的那条路。对此，谁也没有提出异议。大家还决定做两百个葬礼上用的馒头。舅舅、父亲和哥哥就葬礼的事宜继续商量着。我找来一支体温计，在里屋找了个地方躺了下来，一测体温，三十八摄氏度。

"从看护到手术，你一直没有停下来过，你太累啦。"舅母说道。

其实我的身体并不累，毕竟我没有像他们那样忙前忙后，那台手术也不至于累到哪里去。舅母要给我拿冰枕，不过硬是被我谢绝了。

舅舅把大家召集起来,介绍葬礼的排队次序:首先由葬仪委员长领队,接着是灵柩,然后是丧主父亲,后面是哥哥抱着骨灰盒,我抱着灵牌,姐姐和众亲属跟在后面。抬棺的任务交给了母亲发小的儿子们。亲戚代表由舅舅担任,其后是舅母,还有立川家的阿安、玄叔父和阿真等人。队伍由村长带领,因为哥哥工作的关系,杂货行会理事紧随其后。花圈由鱼市上的那帮年轻人抬着。

"有这样气派的葬礼,姐姐肯定会含笑九泉的。"舅舅的言语中难掩欣慰之情。父亲、哥哥以及其他亲戚内心都在描绘着葬礼当日的盛况。

"不过,寝棺就这么原封不动地抬过去的话……"哥哥欲言又止。

父亲和哥哥都说这是最令人遗憾的。

"即使注射防腐剂,面部和手脚腐坏变形也是能看得出来的。"我说道。

我在大学里根本就没有做过这种尸体防腐,而且,让乡下的亲友看到母亲那采取防腐措施之前就已经变了形的遗容,实在太残忍了。大家听了我的一席话,也觉得没希望,便都死了心。

"她到了大学医院,还是她的儿子做的手术。我们该做的都做了,已经尽力了。"舅母说道。

"这倒也是。"表哥只说了这一句。

在大学医院工作的我做了应该做的事吗?我觉得那都是应该做的,理所当然。不过真的如此吗?大家不懂医学也就算了,我自己却为此耿耿于怀。怎么做才好?我总觉得自己心中有愧,觉得自己没有做好。现在再做什么都没用了吗？我该祈祷吗？对着母亲的遗体祈祷一番就万事大吉了吗？我躲在里屋,头痛欲裂,扁桃体大概也肿起来了。

八张榻榻米大小的房间里又开始了新一轮的念经声。

　　如是我闻。一时佛在舍卫国。

　　祇树给孤独园。与大比丘众。

　　千二百五十人俱……

人们对着白木寝棺不停地念着经文。

我站起身,小声叫来姐姐:

"我有点儿发烧,先回去了。"

"看你满脸通红,还是赶紧休息吧。"

姐姐要给我收拾床铺,让我住下。我早打算好了,坚持回去。

"那明天八点,别忘了。"

我朝着母亲的寝棺鞠了一躬,转身出了门。

从半夜开始,我持续高烧三十九摄氏度,别说八点起灵的事,就是下午一点灵车出发回老家,我也赶不上。我赶紧给姐姐家打去电话,接电话的是舅舅。

"没人抱灵牌可不行。"

可是姐姐完全可以接替我。

"而且,我想让你在告别仪式上给老家的亲友们介绍一下病情和手术的情况。"舅舅说道。

"当时的情况你们也都在现场看到了,你们介绍一下不是更客观嘛。"我回答道。

"你得重视呀!"爸爸接过听筒说。

"我明白。"这次我一口答应了下来。

六

连续两天,我一直发着三十九摄氏度的高烧。在高烧中,我不止一次梦见自己把那个黄色的肿瘤摘除了。长谷部在病理解剖室做了脑肿瘤的说明,宣布这是脑肿瘤的新问题。母亲站在我的身旁,笑嘻嘻地看着这一切。"啊!"听到我惊惶失措的尖叫声,母亲喊道:"罢了,罢了。"

第三天的早上,我的烧终于退了。下午,我若无其事地来到医院。从长谷部负责母亲的治疗开始到现在,也有一个半月了,我想来表示一下谢意,不巧的是长谷部不在。

今天是星期六,位于地下的研究室里空无一人。柔弱的阳光透过窗上的栅栏照进半地下室的研究室。我正想离开,无意间看了一眼标本架。我看见落满灰尘的架子一角有一个崭新的标本瓶。

装满福尔马林的标本瓶静静地立在架子的最里面,瓶子上写着:桥小脑角区肿瘤,64 岁,女性,1963 年 8 月 19 日采集。无色的液体中浸泡着母亲那白色的大脑。那个大脑从中间分成了两半,后面的部分露出了黄色的肿瘤切面。这就是那个生我、养我、爱我、教育过我的大脑。眼前的这个大脑像母亲平常一样微笑地注视着我。

母亲留下的只有这个大脑，可是现在它已经不属于母亲了，已经跟母亲毫无关系了。一切还是原封未动。我知道，眼前这个母亲的大脑犹在，而母亲已经烟消云散了。令我困惑不已的是，我早就比任何人都更清楚无法避免的母亲之死竟然这样平静。母亲的离去是如此完美。母亲那柔软而饱满的大脑里依然留存着形状怪异的黄色肿瘤残余，就是这个小东西夺走了母亲的生命。望着这个漂浮在福尔马林液中的大脑，我意识到自己和父亲、哥哥、舅舅所做的所有努力是那么微不足道。这一切跟母亲已经毫无关系了。无论我们如何努力，对母亲来讲，一切都已无济于事。母亲已经彻底消失了。

我闭上眼睛，一片黑暗中浮现出淡淡的光环，它反复出现，又一次次地消失了。我想象着老家喧闹的场景。

我看见了父亲，看见了哥哥姐姐。也许此时此刻，那个豪华气派的送葬队伍正在往那个临海的山冈行进。

雨夹雪

一

被置于红色地垫上仰卧着的孩子，手脚一直在微微痉挛。只见她慢慢地屈起膝盖蹬着脚，弯曲脚趾，缩起肩膀，将手背内翻，手指弯曲。她身体的任何部位只要一动，颤抖就会通过躯干传至四肢末端。她眼白居多，眼神游离茫然，眼珠呈弧线轨迹从左向右移动着。孩子尽管不住地活动手脚，但是别说起身，就连翻身的迹象都没有。表面看上去，孩子在不停地动来动去，实际上，她做的这一切既没有目的，也没有意义，所有的动作与孩子本人的意志没有丝毫关系，纯属无意识的动作。

柏木圭介医生在病历上只写了"舞蹈症"一行字，便一直面无表情地注视着孩子。雪是从早上开始下的，快十点的时候停了一会儿，现在变成了雨夹雪。虽说时间已近晌午，但昏暗的诊察室里依然开着日光灯。

"哦,哦。"

蜷缩扭曲的手又开始在地垫上画起弧线。好像是被患儿的声音唤醒了一般,柏木又在病历上做起了记录。

"重度脑瘫。"

瘦高的丈夫和小巧的妻子寸步不离地站在旁边关注着孩子的一举一动。地垫的另一边站的是保姆久保清子和理疗训练师阿境。看着一群人围着中间的地垫,柏木不禁想起庙会上的地摊。接下来,他还有很多问题要问孩子的父母。

"孩子是正常生产的吗?"柏木问孩子的母亲。

"孩子早产一个月,出生后一直昏迷,连声音都发不出来,当时医生说不行了。"母亲手里拎着一个装满孩子衣物的塑料袋回答道。

"出生时的体重是多少?"

"一千七百克。"

"孩子进过早产保温箱吗?"

"孩子出生后在早产保温箱里住了五十天才救过来。医生说,能救过来真是奇迹。"

"是产科医生说的吗?"

"小儿科医生也这么说。"

"这是奇迹吗?"柏木的嘴角掠过一丝微笑。

目光敏锐的母亲察觉到了这个细节,可到嘴边的话又立刻咽了回去。

妻子回答问题的时候,一旁的丈夫轻轻点着头表示同意。他看上去像是一位稳重本分的上班族。

他和贤惠的妻子是自由恋爱结婚的吧？柏木忽然想到一些和患儿诊察无关的问题。

"你们有几个孩子？"

"就这一个孩子。"

"婚后第几年生的？"

"第二年。"

最后的这几句话没必要写在病历上。

柏木用德语慢慢写下了"初产儿"这个词，然后把病历翻回了首页。病历首页上盖着"国立大共济"的字样，这是显示保健种类的印章。

他是大学科研人员？是讲师？他的妻子是大学毕业的？她读过四年制大学？他们大概是通过相亲订立婚约并在周围人的祝福中结婚的吧？柏木面对眼前这对并排而立的夫妇，尽情发挥着自己的想象。他望着这两个人，冷不丁想出了一个残忍的问题。

"婚姻是正常的吗？"

"什么？"妻子一下子没有听明白柏木的问题。

"是近亲结婚吗？"

"不，不是。"听明白问题之后，妻子面色冷峻地回答道。

"有没有家族病史？"

"没有……"

妻子像是听到诅咒一样眉头紧皱，抬头望着身旁的丈夫，像是在向他求救。

"完全没有。"丈夫回答的时候声音有些嘶哑。

他俩根本就不知道自己有什么遗传病或者不良的遗传基因。他们相处融洽、相濡以沫，虽非名门之后，也是在正统的书香门第长大的，他们没想到会被别人问起这类问题，此前他们身边没有一个人怀疑这些。现在医生问起这些问题，他们觉得自己受到了奇耻大辱。妻子宇野誓子紧咬着下唇俯首低眉。

孩子迎来第二个生日时，她的父母发现，她还是不能行走，连坐都坐不起来，每天只能仰躺着，手脚微颤。她的眼睛不停转动，但是眼神飘忽不定，不能聚焦。她频频发出"啊，喔"的声音，母女之间毫无心灵感应。孩子哭泣的时候，母亲一抱她，她就不哭了，说明她只知道被抱的感觉。

"会吃奶吗？"

"还不会。"誓子低着头回答道。

她一直低着头回答医生的问题。孩子到现在还不会吃母乳。自出生以来，她一次也没有噙过母亲的乳头，因此留下了唯有母亲才能体会的心头之悲。

医生用叩诊锤敲击她的膝腱，可以看到她出现弹簧娃娃般的强烈反射。让她坐起来的时候，她的头大幅度左右摇摆，头部缺乏稳定性。可以肯定，她将来吃饭和排便是不能自理的。

孩子弯曲手脚的动作变慢，她躺在地垫上哭了起来，哭声有气无力。护士望着柏木，似乎在询问下一步该怎么办。没必要再做进一步的诊察了，柏木一看见患儿就知道她得了什么病。柏木用眼神示意,可以结束了。护士正要上前抱孩子,誓子抢先一步从地垫上把孩子抱了起来。孩子刚才在母亲怀里就时哭时停,这会儿被使劲儿一晃又哭起来。护士麻利地将地垫折叠起来。

"还是脑瘫吧?"宇野誓子一边哄孩子一边问道。

"是的。"柏木站起身把手浸在消毒液中回答道。

"是重度脑瘫吗?"

柏木点了点头。誓子以前听医生说过,心里自然明白,孩子半年前来这里初诊时就是重度脑瘫,现在没必要再问了,不过时隔半年,患儿的症状未见半点儿好转,也说明家长的护理存在问题。

"衣服和洗漱用品怎么办?"

"久保君是负责照顾您的孩子的保姆,具体事宜请跟她商量。"柏木指了指站在旁边的久保清子。

"请您多关照,我会每天来的。"誓子行礼,丈夫也跟着鞠了一躬。

"没必要天天来呀。"柏木边说边笑着迈步离开。

"让我看看您带来的衣服好吗?"柏木出去后,清子对母亲说。

誓子把孩子递给丈夫,自己从那个大塑料袋里取出孩子的衣服。

睡衣、内裤、裤子、衬衣,从内衣到外套应有尽有,都带着女孩儿绚丽的色彩,那件兜兜上还绣着一只小狗。

"尿布只带来这些吗? 这些可不够。"

这和照顾普通的孩子完全不同,大量的尿布和内裤比花哨的衣服更为有用。

"对不起，我明天就送来。"

家里有好多尿布，自己却像出门旅游一样带来这么多漂亮的衣服，誓子感到很不好意思。誓子比谁都明白尿布的重要性。

"每天都可以来探视吗？"

"平时下午四点到六点，不过，周日是从早上九点一直到下午五点。"

"我尽量多来，请您多费心。"

誓子再次向保姆久保清子鞠躬。她离开之后，孩子的生活全都要靠这位保姆照顾了。一旦放手，誓子就陷入了慈母本能的惶恐不安之中。

"还要拿什么东西来吗？"

"生活用品带这些来已经足够了，请多带些尿布来。"清子一边清点着摊在床上的五颜六色的衣服，一边回答道。

"还带来了什么？"

"卫生纸、毛巾和脸盆。"

脸盆里画着一只黄色的鸭子，红色的毛巾上绣着 U.M 字样。入院须知里要求自带的必需品一样也不少。

"小真由美，带来的东西可真齐全呀。"清子说完，双手伸到誓子胸前，做出欢迎的姿势。

誓子将孩子送到清子的怀里。孩子的头从前向后倾斜过去。

"啊，快来。"

清子用左手迅速托住孩子的后脑勺儿，将自己的脸贴近孩子的

腮,逗着她:

"嘟嘟。"

孩子缩回左手,歪着脸笑了。从母亲的怀里转移到别人的怀里,她没有表现出不高兴。看着孩子在保姆的怀里乖巧的样子,誓子心里不禁产生出一股微微的嫉恨。现在保姆抱着的是自己所生且一天天养大的孩子,这三年来的艰辛困苦是无法用语言形容的,而保姆刚见到孩子就抱着逗弄起来,仿佛那是她自己的孩子。虽说她是保姆,但誓子也不想看到她像母亲一般与孩子亲热的样子。

誓子强忍着袭上心头的焦虑,假装平静地说:

"奶稍一浓,孩子喝了就会拉肚子。"

"嗯,这种情况在这样的孩子身上很常见。"清子边哄孩子边回答道,"这里还有医生,你不必担心。"

听了这番话,誓子的担心仍然没有消除。清子把保育的事说得挺轻松,可是一个人要同时照顾好几个重症患儿,不会出现疏忽失误吗?何况孩子们的好恶各不相同,所有的细节她都能掌握吗?誓子依然惴惴不安。

"真的不要紧吗?"

"您放心好了。"清子抱着孩子胸有成竹地笑着回答道。

二

从札幌通往小樽的五号国道穿过札幌市区后,就是可以望见石狩湾蔚蓝海面的 G 町了,而"未来学园"就在那里。

道路的右边是连绵到海边的水田和耕地,上面零星地竖着些广告牌。左边是曾作为奥林匹克高山滑雪场地的手稻山,其山麓坡陡道狭。下了巴士,跨过一座横亘在从山上流下的小河上的桥,那里立着一块三角形的指示牌,上面横钉着一块白桦树干削制而成的牌子,牌子上写着"未来学园"。牌子下方还横钉着一块指示方向的箭头木牌。

　　柏木圭介每天都要乘坐这条国铁巴士线从札幌来,在这里下车。

　　"下一站是未来学园前。"

　　听到司机报站,柏木早有准备地喊了声"好",同时举手向司机示意。有的乘客明明下一站就要下车,却装出一副无动于衷的模样。他们无论如何也不愿意承认自己要在学园前这一站下车。

　　"未来学园"是专门收容重度身心残障儿童的机构,经过这里的乘客几乎都知道。最近报刊上经常讨论这些残障儿童的问题,一时间这儿竟成了社会热门话题。

　　汽车站周围只有两三间农舍,除了这所学园,这里没有像样的楼房。柏木是札幌的大学医院派来出差的特约医生,学园里的大部分职员都居住在学园后面山坡上的公共住宅里,由于这个原因,在这一站下车的多半是来学园探望收容儿童的家长。

　　柏木抓着皮吊环在行驶的巴士内朝下车门移动,他察觉到背后那些乘客正用好奇的目光看着他。这个人的孩子是个智障儿还是个先天畸形儿? 有这种孩子的家长心情是什么样的呢? 难道没有办法治疗吗? 好奇和同情的目光从背后投向柏木。柏木觉得,这些乘客的同情其实是一种自己幸免于不幸的优越感。柏木继续慢慢靠近下车门,从口袋里掏出月票,让女售票员看了一下。

按照箭头所指的方向,顺着国道前行十余米,便是一条依山而建的坡道。这条林荫道蜿蜒曲折,拐三次弯后的小高地上有盖着红瓦的建筑,那便是"未来学园"。

学园是北海道道立的,有办事员、保姆、教师、训练师、护士、炊事员和洗衣工,全部人员共有近八十人。根据《儿童福祉法》规定,其收容的儿童全部在十八岁以下,其中智力残障儿童七十名,重度身体残障儿童五十名,合计一百二十名,这些孩子的管理全部由柏木负责。

上午十点,柏木开始巡诊重症儿童病房。五十名重症儿童分散收容在东病房楼的八间病房里。这些孩子八成是重度脑瘫,还有一些梅毒患儿和先天畸形儿。脑瘫是一种因调节脑运动的中枢神经受损伤,导致肌肉紧张、手脚不能自由活动的疾病,大半患儿还伴有语言障碍。这种病可笼统分为剧烈痉挛的手脚僵直型和四肢不断抽搐乱动的舞蹈症型。这些孩子中的大部分,眼、口、耳都受到了损伤,智商也只有普通孩子的一半或三分之一。

一号房间和二号房间收容的是从婴儿到七八岁的幼儿,床四周都加装了五十厘米高的栅栏,这是为了防止身体活动无常、不能自控的患儿从床上摔下来。三号房间到六号房间收容的是小学年龄段的孩子,七号房间和八号房间收容的是中学年龄段及以上的孩子。

"一号的佐野智惠子从昨晚开始一直发烧三十八摄氏度。细田绫子咳嗽呕吐。三号的武藤君牙疼,哭闹不止,右腮肿胀。高田家的小健拉肚子,从昨晚开始大便水样,还有……"

早上,柏木一进病房的办公室,早就等在那里的护士长就报告起那些出现异常变化的孩子的情况。护士长干活儿麻利,口齿伶俐。柏木最怕这种伶牙俐齿的女人。她汇报完二号房间漏雨的情况,报告总算告一段落了,接着,柏木开始喝早茶,刚喝完一杯,保姆久保清子就走进办公室。

"早上好。"

见柏木正悠然地喝着茶,她走近鞠了一躬。

"大夫,津田富子改回旧姓井上了。"

"哦,井上是她的旧姓呀。"

"过了不到一年,又改回来了。"表情有些神经质的清子向柏木诉说着。

"她的母亲离婚了吧?"

"弄不清楚具体为什么。"

年近三十还是独身的清子不可能理解一位来回改过三次姓氏的母亲的心情。

"告诉孩子了吗?"

"不,我想还是先观望一下再说,说不定还会有什么变化。"

一年半之前,津田富子姓井上。她现在快要十八岁了,在孩子当中堪称是大姐级的,她的上肢痉挛得厉害,手连球都拿不住。清子一直坚持教她用脚代替手做事。现在她能用脚拿汤匙,还能折纸。她很文静,保姆早上让她坐在窗户边的帆布座椅上,她就安静地望着窗外，一坐就是好几个小时。保姆每隔一个小时就来巡视一次，有时候忙起来会晚来二三十分钟，她的内裤和椅子就会被小便尿湿。这时候她会说一句："对、不。"她说的是"对不起"的意思，这只有跟她打了一年多交道的保姆才能听懂。

"井上"是富子母亲的旧姓。富子被收容时用的是井上富子的名字，因为当时她的母亲已经离婚了。后来她的母亲好像又和一个姓津田的男人结了婚，她就改姓了津田。那是去年冬天的事。可过了不到一年，她的母亲又把姓改回了井上。

"也不知道是不是正式结了婚。"

"这不可能吧。改姓要正式入户籍呀。"

"真是个不负责任的母亲。跟她要一些孩子需要的衣服，写过好几次信，到现在也没送来。还有一次，她送来了一条化纤连衣裙，可孩子要走路，需要的是厚一点儿的裤子。"

工作认真负责的清子对这位家长敷衍了事的态度满腹牢骚。

"送来的裤子也是脏兮兮的，不知是谁家丢弃后让她捡来了。自己的孩子也不上心，她真是没有人情味。"

"改姓的事是她的母亲来联系的吗？"

"是福祉事务所来联系的。最近按照原来的地址寄给她的信也被退回来了，说是查无此人，搞得我一点儿办法都没有。"

"即使到了这一步，亲情毕竟还是亲情。"

"结婚的时候，她还来学园得意扬扬地说：'这次改姓津田了。'当时我就觉得她的这次婚姻长不了，表面上是结了婚，实际上不过是搬到一起住、过一天算一天罢了。也不知道是在哪个酒吧里认识的男人,大概人家从一开始就没打算跟她正式结婚。"

既是独身又是基督徒的清子,对这位在夜店上班又频繁结婚、离婚的女人尤为侧目。

"她还算是个美人吧?"

"我没看出来。"

为什么男人都关注这些?清子因柏木问这种问题而面露愠色。

"不过她的孩子都十八岁了,她已经不年轻了吧。她有四十岁吗?"

"富子是她十八岁的时候生的孩子。"

"挺早呀,不过她也有三十六岁了。"

柏木的兴趣不知不觉从孩子身上转移到了母亲身上。

"这个孩子的智商是五十,脑子不笨,已经到了想知道父母关系的年龄了。她曾经问我,结了婚就要改姓吗?孩子有孩子的想法。对富子来说,只有她这一位母亲,她应该考虑为女儿做些什么。"

"母亲也有母亲的难处吧。"

柏木想象着这位母亲带着重度残障的孩子出入夜店养家糊口的情景。他想象自己在灯红酒绿的酒吧里寻找她,却想象不出来那张面孔。也许浓妆艳抹的她从轻歌曼舞中回到家时,身为母亲的苦恼就掩盖不住了吧。

"这次让我如何去说明呢?真是令人束手无策。我必须得去说,还不能伤到孩子的心。"

清子嘴上的抱怨难掩她骨子里本能的母性之爱,她仿佛在说,我必须保护富子。

"她想怎样向孩子说明呢？只知道自顾自地换男人，孩子就可以不管不问了吗？"

柏木没见过富子的母亲津田启子，更没有和她谈过话。可是，富子的母亲对自己孩子的将来抱有多少期待呢？柏木想知道这些。她已经放弃了吗？十八岁生下这个孩子，养到十二岁，自己渐渐照顾不了了，才求助儿童收容所。富子就是从那里转到这里来的。富子的母亲养育她十二年，肯定知道富子将来也不能自理。"对孩子不管不问"，清子的这种说法未免过于刻薄，富子母亲的本意未必真的如清子断言的那样"不管不问"吧？即使这不是她内心全部的想法，也不能说她心里就没有一点儿这种念头。就连身为医生的柏木都觉得这种病无药可救，他也不敢去想富子将来会不会有所好转。

走进小儿病房，左右各有四张床，收容着八个孩子。通常每个房间必须配备一名护士或保姆照看这些孩子。经常有孩子突然从床上摔下来，或者把头伸进栅栏中拔不出来。所有孩子大小便都不能自理，必须有人每小时检查一遍他们是否已经拉尿。

从办公室的玻璃窗就能观察到两个小儿病房。工作人员夜间每两个小时巡查一次，还是有孩子拉尿在床上或者蹬了被子。

柏木一走进病房，孩子们就一下子全都朝向他，眼睛追逐着他的一举一动。

右端的木村今年五岁，他躺在一张铺在床单上的塑料布上，塑料布上面还垫着几块尿布。他痉挛得厉害，胸上和腰上都用绳子缠了两圈，然后又系在了床围栏上。尽管这样，剧烈的痉挛还会不时地把绳子拉松。

斜对面床上的高田健一痉挛起来也十分吓人。健一的整条右腿突然翘起，一下子将脚甩出离床十厘米远，被子也跟着他举高的腿悬起来。

"夜里睡觉的时候他也这样翘着腿，不会累吗？"一位刚来不久的保姆不解地问道。

"把他的腿放下，他又会马上抬起来。醒来的时候问他，他对自己的所作所为竟然浑然不知。"

刚来学园工作的新人，见到这些残障患儿的举动都会被吓一跳，可是过上一个月就会对他们的肢体行为产生好奇。

"痉挛严重的孩子经常出现这种情况。以前有个孩子更严重，他把腿抬到五十度高照样睡觉。脑中枢失控导致行为失控，他自己根本无能为力。"在重症机构工作了十四年之久的护士长替柏木讲解道。

"对患儿来说，这是一种休息方式，所以没必要非得让他把腿放下。大夫，对吧？"

柏木也只能附和回应。这些事他们已经司空见惯了，他认为这些都是老生常谈。

绑着睡的孩子还有高田健一。他不断狂舞，手脚和躯干都像蛇一样蠕动。

他的肛门周围起了一片红疹。

"这个患儿大小便还是不正常吗？"

"有时好些，这些日子又有些不正常。有时四五天不拉，一拉起来就一整天不止。看来是肠的蠕动出了问题。"

"用天花粉。"

"一直用着,还是这样。从早上开始,就没给他喂饭。"

"体温呢?"

"今天早上测温三十八点五摄氏度。"

孩子两眼茫然,怯生生地盯着柏木他们。下痢不止引起的脱水导致他发起了高烧。

"给他补液。林格氏液五百毫升。"

"他的手臂老是动弹,静脉注射难以固定。"

"绑起来试试。"

年轻的护士抓起患儿的右臂,在上臂拍了几下,只见白皙松弛的肌肤上慢慢浮出了静脉。就在护士准备注射的时候,健一突然大笑起来。整个屋里回荡着抑扬顿挫的笑声,令人毛骨悚然。年轻的护士诧异地望着健一的笑脸。

"小健,小健,听话! 打针了! "安抚一番之后,护士一边在他的胳膊上擦棉球一边说道。

但是,他如玉珠落盘般爽朗明快的笑声似乎一发不可收。

房间尽头的床上睡着的就是两周前宇野誓子送来的孩子。她连续两夜通宵哭闹不停,到了天亮,才哭累了睡下。她的手脚慢慢地舞动着。学园的探视时间是每天下午四点到六点。宇野誓子每天都来看望孩子。

三号房间里的孩子都是残障患儿中症状相对较轻的。上午的训练时间,他们会到体育场进行手足训练。这时没人的屋子里只剩下两三只秋后残存的苍蝇"嗡嗡"地飞来飞去。这个房间里没有安床,而是铺了十张榻榻米。榻榻米上铺着的人造革斑斑驳驳满是污渍,犹如一张地图。平常孩子们满屋乱爬的时候,这一切也十分引人注意。

"好臭呀。"

也不知道这种臭味是从哪里发出来的,从榻榻米到墙壁四周的犄角旮旯儿,整间屋子都散发着污臭之气。

"这里靠近厕所味道差,榻榻米和人造革也都到了不换不行的时候了。"

"总务那边同意了吗?"

"一直没有下文。这里靠近厕所,到了夏天,苍蝇满屋令人难耐。孩子们进进出出,屋门总是开着。申请过在窗户上加一层纱网,可是就连这点预算也没有,就这么一直拖着。"

护士长伶牙俐齿也无济于事,也许总务那边也确实资金短缺。

"能独自上厕所的孩子有几个?"

"大小便能自理的只有八个。剩下的男孩儿中能自己去上小便的有十五六个吧,不过他们想上小便时却解不开裤子,所以都穿着开裆裤。矢野他们几个也能自己上小便,不过解裤子就要用掉十分钟。"

"你们没教他们提前解裤子?"

"跟他们说过不知多少次了,不到快憋不住的时候,他们也不会说,大概是膀胱出了问题吧。"

从理论上来说,脑瘫只影响运动,不影响知觉。但实际上他们小便的感觉很迟钝。

　　总之，一号房间的高田健一的大便必须送去化验，他可能是得了痢疾。万一他真的得了痢疾，很快就会传染给其他孩子。柏木回想起健一湿热的眼神和发狂的笑声。

　　七号房间里住的是中学年龄段的女孩儿。房间左右两排书架上摆着漫画书，其中夹杂着《少女之友》和《玛格丽特》之类的杂志。大部分孩子都坐着或躺着，她们自己不会动，却可以保持保姆规定的姿势好几个小时。给她们书看，她们就一直看，在下次来人换成别的书之前，翻来覆去一遍遍地看个没完。六个人里有两个人只能坐在原地无法挪动，一个能拄着拐走路，其余三个能慢慢爬行，从屋子的一头爬到另一头至少要用十分钟。所有的孩子都不太会说话，满屋是人却悄然无声。手脚相对能动、智商也不太低的孩子被指定为室长，这个孩子就成了大姐姐，负责简单照顾同室的小姊妹们。

　　津田富子背靠着墙坐在房间的角落里，正在用脚折纸。

　　"你折的是什么？"

　　"好……"

　　"是鹤。"护士长在一旁翻译道。从她弯着的后背可以清楚地看见她的后脖儿颈满是污垢，这与她原本白皙的肌肤相比更加显眼，虽然她的目光呆滞，但鼻梁挺直。柏木试着通过孩子的样子想象她的母亲的容貌。女儿肯定是遗传了母亲白皙的皮肤和挺直的鼻梁吧。

　　"太脏了呀。"柏木用眼睛示意富子的后脖颈儿。

　　"每天早上都给她洗脸，每周洗两次澡。"

"她自己能洗三十分钟。"保姆清子回答道。

"脖子后面看来是够不到呀。"

"昨天刚洗的澡吧?"护士长问道。

"这个……她正在经期。"清子俯身回答道。

娃娃头的刘海儿垂着,遮住了她的脸,她一点儿也不介意吗?富子专心地折着纸。她的脚一颤一颤的,动作挺吃力,她的脚趾却灵巧地将红色的纸叠到了黄色的纸上。看来女孩儿都喜欢红色。有了月经,说明她的身体已经完全成熟了。她蜷曲着圆圆的背和宽壮的腰蹲坐在地上,看上去敦实厚重,完全像一位育龄妇女。她的背影里蕴藏着母兽般的生命力,想到这里,柏木内心越发沉重。

"富子,等会儿保姆有话跟你说。你妈妈来信了。"

听到这句话,一直低头不语的富子忽地抬起头转过身,仔细地盯着保姆清子看了半天,然后才慢慢点了点头。

三

从早上开始下的雨夹雪,下午变成了鹅毛大雪。学园周围的树木,除了针叶树,其他的几乎都已落光了叶子,山坡下成了一片黑色的原野。大雪将毫无遮挡的原野裹上了一层银装。唯有国道五号线和与其平行的铁路这两条黑线纵贯白雪皑皑、一望无际的原野。午饭之后,柏木在自己的办公室里凭窗眺望外面寂静无声的世界。从海上飞来的雪在空中被风吹得粉碎。入夜气温下降,鹅毛大雪变成了干爽的细雪。

"今年的雪来得好早呀。"来收拾午餐的女清洁工对凭窗远眺的柏木说道。

"别看才十一月中旬,大概也会下起冬雪。"

"以往都是进了十二月以后才下的呀。"

"这里靠山,比札幌要早一些,不过十一月里的雪下了很快就化了。"

据说这位清洁工建园时就来这里工作了,已经干了将近十五年了。

"该多来点儿暖气了吧?"柏木用手摸着窗边的暖气管问道。

暖气从早上六点开始,供两个小时;从晚上七点开始,供两个小时。

"据说煤的预算一直不足,不到十二月,白天是不供暖气的。"

"孩子们不冷吗?"

"孩子们不会表达,没法叫苦,不过确实冷呀。每年都有孩子被冻得手脚红肿。"清洁工一边收拾着桌上的碗筷一边诉说。

"要想一想办法呀。"

这是柏木来学园后的第一个冬天,听了这番话,他对往后的日子有些望而却步。

"上面管事的都得过且过。总务定的预算不精打细算就会遭到上面的训斥,可是对孩子们的具体困难,他们却从来不管不问。"

柏木拢了拢白大褂的袖子,把椅子往太阳地儿里挪了挪。

"要烧开水吗?"

"当然。"

一接通电源,电热器就传出了电炉丝加热的"嗞嗞"声。

"我们可以待着不动,孩子们待着不动可受不了。"

"每人一床薄被和一条破烂不堪的毛毯,能盖的都盖在身上了。可是,那些脑瘫的孩子怎么能不被冻伤呢?稍微一冷就受不了,他们的血液循环远不如正常的孩子,这不是明摆着的吗?"

"我没见过这样的文献资料,不会是孩子痉挛的手脚伸出了被子造成的吧?"

"我每年都能见到,与孩子的痉挛没关系。有的孩子的脚又红又肿,用热水桶给他们泡脚,他们高兴得不得了,都不想把脚从桶里拿出来。"

"原来如此。"

"不过,脚一下子遇热,就会发热发痒并且流脓,而他们又是些手脚不便的孩子,脓水蹭到墙上或床的金属栏杆上就麻烦了。"

"给他们穿上袜子不就行了?"

"保姆们平常就是这么做的,可还是防不胜防。"

清洁工端来的热茶从里到外温暖了柏木。此时此刻,电热器的红色炉丝和热水煮沸的声音让人觉得尤为珍贵。

这时,有人敲门。

"请进!"柏木坐着喊道。

但是敲门的人却迟迟没有推门而入。清洁工见状,连忙站起身去开门。

"请进!"柏木又喊了一声。

隔着门上的玻璃，可以看见门外的黑影。

清洁工在门外和来人交谈了两三句之后回来说：

"有位姓宇野的女士想见见您。"

柏木一下子想不起宇野是哪位。

"好像是学园里某个孩子的家长。"

"哦。"

"可以吗？"

"她有什么事呢？请她进来吧。"

"那我把这些拿走了。"

端着饭的清洁工和来客擦肩而过出去了。

来人是宇野誓子。只见她穿着黑底碎花的衣服，右手拿着外套，站在门口鞠躬施礼。

"冒昧打扰您，真是不好意思。"

也许是穿着黑底衣服的缘故，她看上去比两个月之前来送孩子的时候更加小巧，睿智的前额显得更加白皙。

"请坐吧。"

"谢谢。"

和敲门的时候完全不一样，她进门之后没有显出一点儿怯懦，寒暄之后就坐下来，接着是一阵沉默。

"您有什么事？"

"我有些事想请教，所以就不请自来了。"

柏木点点头，点燃一支烟。家长来打听孩子的情况是司空见惯的事，但是他们一般都是在值班室里和他见面，到柏木的房间来的家长不太多。

"其实,我是为孩子的事来的。我经常来探视孩子,这次是有关孩子房间的事想拜托您。"

誓子说起话来吞吞吐吐,欲言又止。

"您想说什么?"

"房间里有些孩子被绑着……"

"嗯,因为那些孩子剧烈痉挛,工作人员一不留神,他们就会从床上摔下来。"

"我也是这样想的。一共有两个这样的孩子。"

"对,右边的那个孩子到了晚上也是绑着的。"

"能不能不让我的孩子看见他们?"

"这乍看上去可能有些令人难以接受,可是不这样做更加危险。"

"我十分理解,这很正常……"说到这里,誓子再次把话咽了回去,"其实我想问,我的孩子非得跟这样的孩子待在一起吗?"

"非得?您指的是什么?"

面对柏木的问话,誓子再也无法绕圈子了。

"说实话,我的孩子还小,从小看到被绑着的孩子,怎么说呢,会留下不好的印象,会给她留下心理阴影的……我是这么考虑的。"

"您是说,您的孩子看到周围的孩子被绑着会有心理阴影,对吗?"

誓子点头称是。

"我觉得,在孩子心里会留下不好的印象,就算孩子长大了,这些印象也不会抹掉……"

面对意想不到的不满之声，柏木再次审视誓子。誓子把头侧向右边继续说道：

"因此，我有一个非常冒昧的请求，如果有单间的话，请给我的孩子调换一下。"

柏木听后十分震惊，一时竟无言以对。这里是收容残障患儿的机构，跟一般的幼稚园和保育所是完全不同的。她竟然因为自己的孩子周围有残障患儿就想搞特殊，提出这种荒唐无理的要求！她觉得自己的孩子比那些被绑着的残障患儿高贵吗？到了这里还不想目睹残障患儿，真是荒诞！这简直就像掉进水里还不想弄湿衣服一样。

"这里有单间吗？"

"只有一间，是给那些狂暴行为特别严重的孩子准备的，一直空着！"柏木的回答连讽带刺，有些夸张。誓子只顾自己孩子的自私态度令他不快。

誓子眨眨眼，显得很狼狈。

"这里是过集体生活的地方！残障患儿的培养和教育是基于让他们互帮互助的原则的。这里不是普通的医院，搞不清楚这里的性质就麻烦了。"

誓子像霜打的茄子似的低下头。

"而且……"柏木的话刚出口又咽了回去。

他这样说是不是太残忍了？和患儿家长面对面谈话要三思啊。但是，他觉得，此时此刻也许把话说透更好些。

"眼下,您的孩子即使看见周围有被绑的孩子也不会觉得害怕,因为她目前只具备与生俱来的本能。"

"现在没有不等于将来没有。"

"您想错了,太太。"柏木下意识地提高了音量,"孩子目前的认知还没有发展到能将所见所闻印在心里的程度。她只具备叩击知疼、触冰觉冷之类初级的感觉意识。"

患儿们只具备人类最原始的动物本能,至于这些启蒙中的情绪和情感下一步会怎样发展,还很难说。誓子现在觉得,孩子的视觉和感觉也和自己完全一样,这是一种亲情至上的态度所致的偏见,是一种孤芳自赏式的错觉。

"那么,大夫,您是说这种感情,今后在这孩子身上也不会有,是吗?"誓子盯着柏木反问道。

"也许到了十七八岁,孩子会触景生情,产生同情、恐惧之类的情绪,不过以其目前的状态,还远远谈不上这些,而且,孩子目睹旁边孩子被绑着所带来的恐惧,与其将来可能遇到的各种各样的情况相比小之又小,简直可以忽略不计。"

"这是为什么呢?"

"您的孩子以后要一直生活在残障患儿的群体之中,要长期接触各种各样的残障患儿,但也不至于因为目睹绑在床上的那些孩子,在惊恐之中活下去。"

誓子的太阳穴跳个不停。在因大雪蔽日而变暗的房间里,誓子的额头看上去更加苍白。柏木告诉她,更重要的是习惯这些可怜的孩子的生活。可是,谁不想让自己的孩子从残障患儿的群体中脱离出来呢？誓子使劲儿憋住了即将涌出的眼泪。眼下她极力克制着自己心里那股想放声大喊的冲动，紧紧地盯着桌子上的一样东西。那是一种红色的胶囊，是某家制药商放在这里的试用品。这样的新药每天都在推出，为什么却总是治不好孩子的病呢？誓子无论如何也想不通。

"这个孩子长大了也不会比现在更好吗？"她抬起头，满眼期待地看着柏木。

"会比现在好一点儿吧。随着年龄的增长，她的手脚会更有力量，智力也会增长。"

"那就是能治好？"

"能否治好是另一回事，随着成长，她的智力会提升，但是，这跟治疗这种病本身毫无关系。"

"那就是说，即使把孩子送到这里，也根本治不好孩子的病？治疗和训练等在这里所做的一切都毫无意义，是吗？"面朝前方的誓子眼里溢出了泪水。

"太太，请您冷静。眼下残障患儿的病本身是无法根治的。即使无法治愈，我们也可以让他们适应集体生活，进行适当的训练，使他们在日常生活中尽量多做些力所能及的事。"

"大夫，请您明说吧。一句话，这个孩子是不是没法治了？"

誓子难掩眼中的泪水，把身子转向柏木，摆出一副摆脱心中一切杂念、等待最后判决的样子。面对心事重重的誓子，柏木回答得很干脆。

"没有办法。"

"为什么这么说？"

"将来对这种病的研究能够取得什么样的进展尚不得而知，至少现在无法治愈。"

"一点儿办法都没有吗？"誓子再次问道。

柏木若有所思地点了点头，接着又补充道：

"不过科学的进步难以预料。比如说，最近医生对痉挛严重的病人直接实施大脑手术，脑中央有一根引起痉挛的中枢神经，医生可以用细细的银钩将其破坏。"

"我家孩子也可以做这种手术吗？"

"您的孩子属于脑瘫型手足失控，比痉挛还要麻烦，对这种类型的患儿，目前尚无法手术。可是，如果痉挛能治愈的话，我想治疗脑瘫也不是太难的事。"

"那么，等研究成功，就有办法治了？"誓子呼吸急促，泪眼里闪着光，她的那双茶色的眼睛瞪得大大的。

"这种手术目前很少有人做。T大学的S教授做过，但没有完全成功，虽然有成功的病例，但也有手术后恶化的，成功也是暂时的，听说后来又复发了。总之，这种手术还处在试验阶段。"

"真的那么难吗？"

"是的，目前医学界就连残障患儿的大脑解剖本身都没有彻底研究明白，尤其是脑瘫型患儿的大脑。"

"为什么不继续推进研究呢？"

"这个问题不是动物实验可以解决的，可能要经过对残障患儿的大脑进行层层解剖才能搞明白。"

“抓紧研究就有希望。”

“没那么简单。没有把握的手术，若家长不同意，是不能随便做的。”

“难道就束手无策了吗？大家不想尽早让这种手术成功吗？”

誓子幻想着，把目光转向窗外。也许真由美上中学之前就能用这种方法治好病，还有五年的时间。据说，再过十几年，人类就可以到月球上去旅行。科学技术日新月异，誓子对这种手术今后的研究和发展充满期待。

柏木对誓子的这种说法颇感愤慨。到现在为止，他对治疗重症脑瘫患儿没抱任何希望。一种脑手术研究的成功，需要在手术台上牺牲几百名患儿的生命。他连残障患儿的脑解剖都没有仔细做过，现阶段必须从这方面着手。谁愿意成为科学进步的牺牲者呢？现实中，必须以现有的残障患儿为研究材料进行试验，而当下脑瘫的病例少之又少。誓子的孩子不就是典型的脑瘫病例吗？

“抓紧研究就有希望。”誓子的这种说法有些事不关己。一切顺利的话，她家的孩子也会跟着受益。母亲们都抱着这种想法。就连誓子这样贤淑的母亲，一牵扯自己的孩子，自私的母爱也表现得淋漓尽致。她们只想治愈自己的孩子。说起来，誓子在患儿的母亲中算是相当认真的。

“再过多少年这种手术才能取得成功呢？”

“技术再进步，也不会轻而易举地治好这种病的。”柏木淡淡地说道。

“日本不行，说不定其他国家会取得成功。”刚刚听到的这些内容简直成了誓子的救命稻草,她紧紧抓住不放。

"有一种观点认为,与其研究那种手术,不如建立残障患儿康复机构。"

"什么叫残障患儿康复机构?"

"就是把残障患儿集中起来,让他们参与集体生活,就是一种残障患儿村。那里有商店,有洗衣房,有邮电局。让残障患儿在那里做力所能及的工作。"

"普通人不能参与吗?"

"那里有医生和保姆监管,和正常社会完全不接触。"

"真的吗?"

"厚生省的此项预算明年就会落实。"

"我家孩子能进那里吗?"

"如果建成的话,年满十八岁的患儿都可以申请加入。这种方案比较好。"

柏木这番话的本意是,干脆放弃治疗,把身心残障人员集中起来,让他们过集体生活。誓子这才开始在脑海里描绘自己孩子将来的生活蓝图。原本那种做个手术治好病、让孩子穿上漂亮衣服上学的梦想早已灰飞烟灭。五年前从短大毕业的时候,誓子曾经去参观过专门收治麻风病人的I园。当时那些患者都在晒太阳,没有一个人跟外来的人搭话。他们把栅栏以外的地方称作社会。当时的情景,誓子记忆犹新。

誓子的孩子将要混迹于这些形同走肉、沉默无语的人中,誓子要隔着栅栏偷偷地寻找自己的孩子。真由美正坐着轮椅活动,妈妈喊了几遍她都听不见。真由美已经无法亲近自己的母亲誓子了,她完全属于另一类人了。

誓子茫然地望着窗外漫天飞舞的大雪。在誓子眼里,正方形的窗户看上去像一幅剪纸画挂在墙上。尽管寂静遥远,大雪却把房间渐渐拉入昏暗之中。

电话铃声响了。

柏木拿起听筒,里面传来保姆主任金子爱的声音。

"大夫,川合五郎在工作楼癫痫发作,摔破了头。"

"撞到什么上了?"

"撞到了壁橱的角上。据说周围的人一发现他失神的前兆就立刻报告了。"

失神是癫痫发作的前兆,表现为呼吸困难、面色苍白、意识模糊,时间一长,患者自己都知道自己要发病了。

"出血了没有?"

"头上血流不止。"

"我马上过去。你赶紧通知值班室的护士。"

"好,不好意思,拜托您了。"

心直口快的金子爱对在自己监管下发生在工作楼里的事故,表现出强烈的责任感,但是,即使工作人员再留心,一旦发现患者失神,也往往来不及采取应对措施。

柏木站起身后才意识到,宇野誓子依然坐在对面。誓子睁开一直闭着的双眼,满怀希望地仰视着柏木,她听得意犹未尽,准备刨根问底,追问眼前这位冷酷无情的医生。

"患者有事。失陪了。"

誓子闻听此话,站起身来。

誓子低头鞠躬之际,柏木已经打开了房门。走廊里的冷气蓄势已久般冲进了房间。

西楼收容的是智力残障的患儿,它对面的东楼收容的是身体残障的患儿。智力残障的患儿手脚正常,只是智力低下,也不需要太多人照顾。偶尔也有个别患儿在疾病发作时行为狂暴,其余时间,患儿们大都是各忙各的,沉默不语。患儿中,既有亢奋多语的躁狂型,也有整日默默蹲在屋子一角面壁的抑郁型。所有患儿都有共同的特点:头大身子小,身体比例不协调,而且还常常翻白眼,满脸呆傻。

智商稍高的孩子被安排在工作楼里劳动。男孩儿制作纸箱,从裁纸、拼折到完成,整个流程由简至繁,循序渐进。女孩儿则从事拼缝工作,将各种碎布拼缝在一个木质框架上。这些碎布都是妇人会和町内会提供的,女孩儿们可以根据自己的喜好任意拼缝。有的女孩儿开始只选择黄蓝两色的简单搭配,后来慢慢学会了明暗搭配,拼缝出了美丽的图案,将这些布做成坐垫,放在沙发或车座上还挺美观。女孩儿们干起活儿来个个目不斜视、乐此不疲,有时过于专注,就连尿裤子都不知道,她们的脑子里只想着手上这一件事。

穿过钢筋制成的没有窗户的狭窄通道,便到了收容智力残障患儿的西楼。看见身穿白大褂的柏木走进来,原本百无聊赖的残障患儿纷纷投以好奇的目光。

"早上好!"孩子们一齐喊道。

"早上好。"

"你来这里干什么?"

"大叔,大叔。"

"你好吗?"

"你啥时候回去?"

几个孩子立刻把柏木围在中间。

"这是什么?"

前面的孩子有的把手伸向柏木胸前的钢笔,有的拽着他的白大褂的衣襟。

"早上好,早上好。"柏木打着招呼停停走走,犹如在孩子们的海洋里劈波斩浪一般。

"所有人都进屋去!"

辅导员水户老师一声大喊,孩子们呼啦一下后退了一步,呆呆地立在走廊两侧,唯有那好奇的目光依然在凝视着他。有的孩子对走廊上的骚乱漠不关心,背着身在屋子的角落里独坐着,凝视着墙上的某一个点,一副旁若无人的样子,仿佛外面的喧嚣与自己无关。

那个撞破了头的孩子正伏在床上扯着嗓子大哭,他的哭声近乎野兽的咆哮。他十七岁了,此前曾经把脚伸进床头的铁框之中,受了轻伤,缝了三针。孩子哭叫并非因为疼痛难忍,而是因为恐血所致。这次他伤及头部,头部血管丰富,出血更多,显然他的哭号也更加夸张。

为了缝合川合五郎的伤口，一个保姆和一个护士试图按住他的头，但是她们使出吃奶的力气也按不住。只靠两个女人想按住他谈何容易。两个人好不容易骑到他的身上，他很快就像一头大象一样抬起了屁股。

"不听话就不给你饭吃！"柏木冷不丁厉声喝道，上去给了他一记响亮的耳光。

孩子立马像触了电一样安静下来。柏木也是花了半年之久才学会这种制服孩子的方法。孩子一旦老实下来，此前的哭闹便戛然而止了。这时候，即使不打麻药进行缝合，他也不会出声。一声怒吼镇住了他，接下来再大的疼痛他也能忍受。这样的顺服反而让柏木感到不安。他简直像换了一个人似的。大哭大闹令人感到棘手，过分忍痛也让人于心不忍。这里的孩子已经因为自我控制而不会正常哭泣和正常忍痛了。

四

"未来学园"的干部会每周四下午召开一次。

出席者有园长、事务长、指导课长、特殊学校的教师，还有医生、护士、保姆、社会福利工作者、训练师，以及各个部门的负责人。

今年五十三岁的园长曾是保健所的所长，名为医生，实际上更像一位行政官员。初创时，这里仅有残障患儿床位三十张，现在增加到了六十张。即使这样的增长速度，也不能完全收容整个北海道地区的残障患儿。四年前增建的三个房间，现在已经人满为患。最初的楼房是十五年前建造的简易泥灰建筑，现在已经老旧不堪。

这次会议的第一个议题是学园的改建方案。事务长做了最终预算，尽管将其作为将来接纳重症残障患儿的设施并不合适，但是原来那个方案至少需要四亿日元。现在为了拿下这个项目，他们准备将预算缩小到三亿日元，再向道里申请。园长和事务长已经事先做了道厅官员们的工作，但还需要由后援会和患儿家长方面提交陈情书。

"收容智力残障患儿和身体残障患儿的机构，算上 H 市新建的，整个北海道有三家，而实际上收容身体残障患儿的只有未来学园一家，另外两家名义上优先收治身体残障患儿，实际情况却恰恰相反，收治的大都是些普通的智力残障患儿。"园长牢骚满腹。

从现状看，收容所有申请入园者，不知道要等到猴年马月才能实现。

"这个想法似乎也是敷衍了事，因为他们知道残障患儿治疗无望。"事务长说道。

"如果因预约入园的残障患儿只有五十名，就觉得这是小事一桩，那就大错特错了。残障患儿有增无减，收治的患儿又只进不出。根据《儿童保护法》规定，收容的患儿在年满十八岁之前，必须都得收容在这里。现状是这里人满为患、空间狭窄，只能保证患儿不致死亡而已，社会各界对这些现状都缺乏足够的认识。"

园长在会上竹筒倒豆子似的，把外界无法理解的现状说了出来。

"请赶紧把后援会的陈情书内容归纳出来给我看。改建方案已经送到了福祉课长那里了，下一步就是部长裁决，需要进一步推进才行。接下来如果不轰轰烈烈地造势的话，最后也很难得到道知事的批准。我们必须充分显示出乙方的热情。"

园长对此事的重视是前所未有的，全体与会人员都点头同意，不过，点头归点头，大家的心情也没那么迫切。大家觉得这些预算肯定要再过上一两年才能落实下来。

"如果到明年春天还得不到优先建设的承诺的话，那就麻烦了。"

园长一个劲儿地鼓气壮胆。园里的楼房是战后最糟糕的时期匆忙建造的灰浆建筑，现在已经四处漏风、破烂不堪。

"应付一时的修修补补根本解决不了问题，现在已经到了必须彻底改建的时候了。"

园长的话千真万确。话虽如此，但对现场的工作人员来说，当前亟待解决的问题堆积如山。

"我的想法不知合不合理，能不能把供暖的时间再稍微延长一些呢？孩子们冻得早上都起不来床。"保姆主任金子爱小心翼翼地提出建议。

"已经有孩子冻伤了！东楼在坡岭上，海风特别大，地板缝里都往里灌风。通暖气的时候能达到将近二十五摄氏度，但暖气一停，立马就冷了，昨天晚上只有五六摄氏度。冻得孩子们缩手缩脚，根本无法训练。"护士长插嘴道。

在学园里，护士和保姆的工作有些重叠，双方冲突不断，但是在这一点上，双方的意见是一致的。

"晚上尿了床更麻烦。"金子爱悄悄说道。

"总之,学园成了大冷库。"柏木只说了这一句,会场上就发出了女人们的窃笑。

"煤的预算有多少?"园长问道。

"今年跟去年基本相同,六十五万日元。去年从十二月一日开始全天通气。从现在提前到二十日通气的话,要多耗费大约二十五万日元,所以坚持到二月中旬就无法继续了。"会计课长念着账本上的数字回答道。

"要不就只在寒冷的日子将放暖气的时间延长到夜里九点,因为这段时间孩子们要就寝。"

"那样的话,锅炉房就要另加夜班值班呀。一个工人的费用没有一千日元是拿不下来的。"

"每隔两个小时要检查一遍孩子们是否尿床,根本来不及。每天都要晒被子,棉花和被面很快就不能用了。"

"这可就难办了。"

会计课长罗列完现有的数据,然后单手拿着账本递给园长。

"明年追加预算,行吗?"

"不行,今年上面规定,一律不准追加预算。"

"上面规定说不准,可你得想想,现在孩子们冻成这样,还有什么办法呢?"

"不过,去年我们就这样做过,所以今年先斩后奏也不是不能过关。"

办事员只能在预算框架内考虑如何精打细算。万一破坏了规矩,造成赤字,让官方盯上就麻烦了。

"可是,今年跟去年情况不同,十一月就开始下雪了,而且房屋逐年破旧。我认为,主动想办法解决煤的问题,跟封门堵窗御寒是截然不同的两回事。"

"不,当初护士长提出这个问题时,我们也研究过。不过,即使那样,也得花上五六万日元。"课长推托起来振振有词。

"后援会的会费里拿不出这个数吗?"

"唉!"后援会的人只是叹了一口气,没有作答。他们只能提供生日蛋糕和晚餐点心,顶多添置一些运动器材,根本没有这方面的资金余地,眼下真的是走投无路了。

"募捐吧。靠捐赠解决这个问题。"园长想出了最后一招。

"一份五百日元,可以吗?这个数谁都拿得出来。"

"那又怎么样呢?"课长不屑一顾地说。

"出得了!每个职员募集十份,这样一来,八十人就是四十万。这就有四十万了。你说呢?"

大家面面相觑,觉得园长真是突发奇想,难道募捐就那么容易吗?

"可以给捐款的人颁发会员证。想成为后援会的会员就要先交五百日元。"

"女职员怎么办?"

训练师主任提出的问题也是大家最关心的问题。少给厨房里的阿姨一日元,她们都可能另谋高就,让她们凭空拿出五百日元能行吗?

"到酒吧那种地方去募捐还差不多,那里的人都大方,能轻轻松松地拿出五百日元。"

职员们都在心里嘀咕:像园长这样整天吃吃喝喝的人不觉得什么,而要我们这些辛辛苦苦的工薪阶层拿出这些钱,的确很勉强。

"让我们去劝诱别人捐赠有些不妥吧?再说,政府有明文规定,禁止公务员参与募捐。"

"你这是怎么说话的?这笔钱又不是募集来玩的,是为那些受冻的孩子们封堵门窗用的,任何人都没理由说三道四!"

"嗯,道理大家都明白,您是说可以在上班的时间干这些……"

"还是下了班再干更好吧。"

园长听完这些墨守成规的官员想法,面露愠色。

"不过,以前发生过公务员参与募捐被上面调查的事。募捐的目的是好的,可是公务员参与募捐就会给人一种政府强制募捐的感觉。就算要做,也要得到政府的许可。"

"还有这种规定?"

具体的细则园长也没搞清楚。

"嗯,好像是有。"

事务长对募捐的事也不太感兴趣,其他与会者也因为涉及自身利益而显得躲躲闪闪。

"这个国家真是不可思议呀。日本号称是法治国家,时时处处都依法办事。干坏事受到惩罚,可干好事也需要获得法律许可,所以有些人就出来钻法律的空子,就像俗话说的:'胡说胡有理。''撑死胆大的,饿死胆小的。'其实根本就没有人那么较真。"园长眼看自己的提案就要流产了,便开始大发牢骚。

"在国外,这样的福利事业都是靠个人捐助的钱支撑的,所以,既没有卖血的,也没有买血的。对他们来说,互帮互助的精神从小就深入人心。可是,问问日本人,干这种小事都要靠政府出钱,实际有能力捐助的人少之又少。就知道从政府拿钱,结果搞得政府官员们灰头土脸抬不起头,这个国家简直要堕落了!"

园长发完牢骚,会议接近尾声。大家认同园长的言论,但也颇有难处:我们为这些残障患儿竭尽全力,还要强迫我们做更大的牺牲,真是岂有此理!让我们从微薄的薪水里再拿出钱来,去弥补本该由国家去堵的窟窿,真是太不可思议了。难道政府就不能办点儿顺应民意的好事吗?

募捐的事就这么不了了之,当天的会议就此结束。

五

从十一月中旬就开始下的雪,一度使人以为能成为堆积不化的越冬雪,可是雪很快就融化了,到了十二月初,春天般的温暖又回来了。札幌街道上堆积的雪也消失得无影无踪,然而到了山峡地带,雪只在阳光照得到的地方融化了,那里形成了黑白分明的斑驳景象。

由于落叶凋零,通往学园的坡道上视野不错。走在坡道上,一种春天即将来临的错觉在柏木心中油然而生。俗话说,三寒四温(三天寒冷,四天温暖),这是指冬季的冷暖反反复复。犹如春天姗姗来迟,冬天也没有骤然降临。别看今天阳光明媚,用不了三五天,雪深冰封且幽暗漫长的严冬就会如期而至。

这天下午,保姆久保清子来到柏木的房间。明年三月份,政府计划要在札幌市召开北海道的"保护残障患儿的母亲大会",各地区的母亲代表可以讲述平时的所感所悟,商讨共同的主题,最后作出决议,向政府提交陈情书。每年都是如此。本届大会的组织部门决定,由久保清子发表题为《上肢残障儿童的培养和教育》的研究报告。

热爱钻研的清子为了改善残障患儿的日常生活,已经做过了许多尝试,这次要发表的报告的内容是训练双手失能的患儿用下肢代替上肢进行日常活动。有一次,她曾试着训练从肩膀到手腕完全丧失行动能力的患儿。清子认为,可以训练痉挛强烈、手臂扭曲失能的孩子以脚代手进行日常活动。这次清子会发表对津田富子进行尝试性训练的报告。从富子十四岁那年开始,清子指导她进行了长达四年的训练,用脚替代因严重痉挛而失能的手,现在她已经可以用脚折纸,用脚吃饭。清子认为,如果从更小的时候开始这种训练的话,其效果会更好。孩子从吃饭到洗脸逐渐熟练之后,可以实现用脚自如。为了请柏木事先审阅自己准备发表的内容,清子把草稿和幻灯片一起拿来了。

"内容倒是蛮有意思的,在母亲大会上发表确实有些大材小用,要是在康复医学学会上发表就好了。"柏木读完后便下了这样的论断。

研究报告充分展现了人所具备的强大潜能,从小开始训练可以激发出人体难以想象的潜能。对此研究，柏木既钦佩又震撼。

"多加训练，口和脚的灵活性可以媲美人的手。"

因此，残障患儿本人无需别人帮助就可以按照自己的意愿吃饭和写画，能实现这些的话，任何人都不会对这种方法有异议。这一点清子胸有成竹。

"令人钦佩呀。"

"不好意思。"清子说着，躬身接过了文稿。

"你来这里几年了？"

"今年是第八年了。"

柏木再次审视清子的脸。她的额头又尖又细，头发随便往后梳着，没有化妆的脸上刻写着婚期已过、年近三十的沧桑。年轻时留心梳妆的话，她肯定也会以其美貌赢得男人的心。

"还喜欢这里吧？"

"嗯，很适合我。"

对柏木这番别有意味的问话，清子直言不讳。也许是机缘巧合吧，她来到这个学园工作，和残障患儿生活在一起，点燃了她全部的热情。本应跟男朋友卿卿我我、快快乐乐度过的时光，她却和这些贫弱孤寂的残障患儿一起度过了。这本来是工作，但对她而言，付出的努力远远超出了工作的范畴。这哪里是付出，简直是全力以赴，她每一天都在为这些孩子而努力。这八年里，清子生活充实，无怨无悔。

"大夫，您想尽早离开这里吗？"

"没那回事儿。为什么这么问呢？"

"之前在这里工作过的大夫们都没有待太久。最初的半年还挺有兴致，半年后就开始坐不住了，干满一年后都不干了。"

"这倒也是。"

"不过，大夫们的想法我也理解，整天给治疗无望的孩子治病，厌倦是免不了的。"

"喝咖啡吗？"

"哦，我来冲。"

清子迅速站起身，把桌上的茶杯拿到水龙头前清洗。柏木从架子上取出牛奶和调羹。

"大夫，您真的准备一直待下去吗？"清子边擦杯子边问。

她擦杯子的手法轻盈，依然保留着姑娘特有的活力。

"一直指多久？"

"明年，后年。"

"我也不知道以后会怎样。"

"是这样呀。"说罢，清子把两个杯子并排放在桌上，倒入咖啡粉和方糖，"两块糖可以吗？"

清子一边倒热水，一边用调羹搅拌着，咖啡的香气顿时飘溢出来。

"您来这里有什么目的吗？"

"没有什么特别的目的。"

"和我一样？"

"不，我和你不一样。我没有你这股干劲儿。"

"我当初也没有现在这股拼命劲儿。刚来时，面对这些从没见过的残障患儿,我也想辞职。"

"实话实说,我当初也很惊奇。"

"据说全国还有三十万这样的患儿。"

"今后这种残障患儿还会增多。"柏木一边啜着咖啡一边大声说道。

"是吗?不是说随着医学的进步,这样的患儿正在逐渐减少吗?"

"此言差矣!医学越进步,患儿越多。"

这十年间,重症残障患儿的数量尽管不多,但仍在增长,美国的发病率超过了日本,多达百分之一,西欧的情况也类似。

"这是为什么呢?"

清子满眼好奇地注视着柏木。一认真起来,清子的眼睛周围就泛起了淡淡的红晕。

"说实话,医学事业需要靠增加医生来维持。"

"那医生呢?"

柏木冲吃惊的清子笑了笑,算是回答。

面对残障患儿增多的情况,医学界认为有许多原因。一个原因是孕妇滥用药物。夫妻都有工作的家庭增多,女性在较大的精神压力下妊娠也是原因之一,但是,柏木认为,医学进步也是其内在原因。

大部分残障患儿不足月就出生了,他们大都有黄疸。

以前未满九个月或者不足两千克的早产儿,出生后不到一个月大半都死亡了,但是现在保育器较为先进,吸氧、鼻饲等方法得到改进,能够救活这些早产儿。黄疸过高的婴儿也可以全身换血。妊娠八个月、体重达到一千五百克的婴儿基本都能得救。一些医生在产科和儿科的学会上堂而皇之地发表"体重一千克或一千克以下的早产儿"的存活报告。

学生时代的清子在保育课上学过早产儿的课程,实习的时候,也曾连续一周观察过早产儿在保育室里的情况。她每天早上都要在忐忑之中祈祷一番,希望今天那些孩子也能挺过去,然后再观察保育器的玻璃窗。到了第四天,她听见孩子"嘤嘤"地哭出声来,心里那块大石头才落了地。据说,百分之三十不足八个月的早产儿,大脑会有后遗症。按照这个说法,辛辛苦苦救活的早产儿,现在许多已经成了典型的残障患儿。

"以前这种孩子都死了。"

柏木叼着烟站起身,开始在办公桌的抽屉里摸索火柴。

"胎儿五个月的时候,孕妇可以到町里的医院把胎儿打掉,但是,七个月的胎儿就必须不分昼夜地抢救。"柏木再次坐到椅子上说道。

清子两手重叠放在桌子上,低着头,像是在祈祷。

柏木点上烟抽了一口,这时清子抬起头,若有所思地说道:

"无论有什么理由,都不该做这种事,能不能行都不该做。"

清子的语调慷慨激昂,柏木愣了半天,呆呆地看着清子。

"这种事做不得。"她重复了一遍之后,自己也像是理解了一般,慢慢地点点头。

"在这个世界上,孩子一旦有了呼吸就不能算是胎儿,离开母体吸入空气就是一个人了。打胎和杀人是一个道理,我在读法医学的时候是这样学习的。"

"法律的确是这么规定的,因为法律是为大多数人服务的……"说到这里,柏木把已经凉了的咖啡一饮而尽。

此刻,清子放在桌上的双拳紧握,血脉偾张。

这八年间,清子为看护残障患儿呕心沥血。她对养育患儿没有感到任何犹疑,她的家人、周围的人以及那些素不相识的人都在鼓励她。她觉得这份工作很有价值,比起工作,和一个男人的平平庸庸的爱就显得太渺小了,虽然她是单身,但是依靠她的孩子却不少。想到这些,清子觉得自己的辛劳也算没白费。现在她的理想被彻底粉碎,好像刚才所谈的内容与她毫不相干。她认为柏木的想法是错误的,否定了她心里的一切。清子陷入迷茫之中。

柏木想起半年前出席同学会时的情景。同学会上,学生时代一起实习的伙伴阿梶坐在他旁边。阿梶曾立志用一年的时间当上能拿高薪的助教,于是进了报名者门可罗雀的精神科,结果两年前,他离开了大型医院,到地方的精神病院工作了。

他们谈论工作之余,偶然谈起了精神变态者犯罪的话题。阿梶告诉他,混杂在正常人中间的变态者是很难一眼就分辨出来的,唯一的方法就是对其进行脑电波测试,这样才能从人群中客观地找出患者。

"要我说,干脆像古代那样,把那些疯子都关起来得了。"

听了柏木这句玩笑话,阿梶瞪起细细的小眼睛说道:

"那样的话,这可就成了人权问题,事情可就大了。换句话说,我们这些精神病科的医生不都成了看守了吗？"

"可是，那些得了精神分裂症的病人是很难治好的呀。"

"能治。现在不是有已经治好出院的吗？"

"我说的是基因遗传的精神病。即使从外表上看不出来，其基因也是无法改变的吧？"

"的确如此。基因和染色体出了问题是很难治的，医生对此无能为力。"

"有些患者只是表面治愈出院而已，有些患者不是又发病被再次送回医院了吗？总而言之，他们毫无康复可言。"

"不能以偏概全。精神医学还是在不断进步的。"

本来喝一瓶啤酒就开始脸红的阿梶，此刻越发兴奋，满脸通红。

"我想说的是，遗传基因方面的精神病很难治疗。"

"柏木，我不像你在大学里那样潜心研究疑难杂症。"

阿梶已经醉眼蒙眬，瘫坐在座位上。

"伟大的大学老师们怎样做我们不知道，可我们必须得医治面前的患者，不能以基因遗传没法治疗为借口置之不理。我们要积极救治，责无旁贷，要遵循人道主义原则。"

就在这时，柏木突然放声大笑。此刻，阿梶所说的人道主义这个词在柏木听来颇不合时宜。在满堂医生的同学会上，人道主义这个词听上去与现场的气氛格格不入，也可以说，这个词是禁忌。柏木觉得，此时此刻这个词压根儿就不该提，阿梶却轻轻松松地将其脱口而出。柏木觉得自己的酒醒了许多。

"你真是个冷酷无情的家伙。你在大学医院那种地方干，不是对病人感兴趣,而是对疾病情有独钟。这适合你。"那时的阿梶已经口无遮拦。

在清子面前,柏木回想起阿梶当时那张肥硕绯红的脸和听起来年轻高亢的声音。

柏木站起身,拧开水龙头,把水注入刚刚喝过咖啡的杯子里。

"救死扶伤细琢磨起来也不是件容易的事。"

看着"咕咚咕咚"喝着水的柏木,清子觉得他简直是个杞人忧天、走火入魔的人。

"话虽如此,其实我对残障患儿还是心怀敬意的。"说到这里,柏木的脸上露出了略带愧疚的笑容,"有时这种敬意甚至带些恐惧。你写的论文里说,身体残障患儿的手不能用时,可以用脚代之发挥作用。这是一种完美的替代。我想,这种力量里潜藏着一种我们这些人所远远不及的原始动力。"

清子在指导患儿的过程中,也对他们的这种能力感到惊讶。不过她只是惊讶而已,远没有柏木那种恐惧的感觉。

"智力残障患儿更加恐怖。他们发作起来时的那股傻力气大得惊人,已经超越了我们这些正常人,不知他们从哪儿的力气。我一直忍耐着坚持做这种单调的工作,虽说谈不上热爱,但也不厌倦,有些身不由己、不得已而为之,所以,我不喜欢被智力残障患儿围着。"

清子也有同感,只要被智力残障患儿围着,她就会十分不安,觉得自己随时会遭袭。清子以为自己身为女性才有这种感觉,原来身为男人的柏木竟然也有同感。

"令人心有余悸啊,大概是因为他们蕴藏着普通人无法估量的力量吧。"

清子并没想那么多。身为医生的柏木大概每次查房总在考虑这些吧。护士们私下嘀咕说,他的诊疗技术不错,不过也不是特别出色,工作时也是装模作样、故作认真,是个无功无过的医生。他对孩子们时常表现出冷酷无情的一面。他的口头语是"没办法呀",有时也会说"努力试试看"。他有时表现得敷衍了事,远远没有一个三十一二岁单身青年的那股热情,看不出他到底想不想干这一行。总之,他谈不上满腔热情,也没表现出厌倦这个地方、想溜之大吉的情绪,工作时疲疲沓沓、不冷不热,让人觉得他从一开始就没认真考虑过这份工作。

"还要咖啡吗?"

"不,已经喝好了。"柏木突然露出羞怯的笑容。

清子用异样的眼神望着柏木。她以前从未了解过柏木,今天聊过后觉得他十分陌生。这位不显山不露水的医生是否心有旁骛?深藏不露的他是个高深莫测的人吧?她觉得柏木的心深不见底,甚至有些可怕,谈笑之间自己就陷入了圈套。

六

十一月频频下雪,进了十二月,雪天反而少了。偶尔下一点儿雪也积不下五厘米厚,取而代之的是大陆高压所带来的晴朗和干冷。尽管学园里全天供暖,冷风还是"嗖嗖"地席卷了整个学园。

很多孩子开始咳嗽，护士们将患了感冒的孩子集中到别的房间也无济于事。那些孩子咳嗽上两三天就开始发烧，继而痰多哮喘。残障患儿的气管比普通孩子的气管更容易充血，扁桃体很快就会发炎。一个星期就有十多个孩子患上了感冒。

治疗措施就是服药打针。护士每隔三十分钟就要到收容发烧孩子的病房里巡查一遍，看看拉尿和蹬被子的情况。医护人员只能在急性期时先控制住他们的病情，等待其体力恢复，除此之外别无他法。宇野誓子的孩子真由美也没有幸免，加入了感冒患儿的行列。柏木这下子可忙起来了。

从十一月开始就因痢疾而拉肚子的高田健一发起了高烧，呼吸急促，闭眼昏睡。他不能用言语表达痛苦，只是不住地摇头呻吟。早上他的体温降到了三十七摄氏度，到了傍晚，又烧过了四十摄氏度。有的脑瘫患儿大脑体温调节中枢受损，退烧药对其完全无效。健一就是这样，他连续高烧四天。普通的孩子连续三天高烧超过四十摄氏度，大脑就会迷糊。处于发育期的幼儿发高烧，将来肯定会留下后遗症，影响大脑发育。

"从开始就不妙。"

柏木对此没抱多大希望，他知道高烧对幼儿大脑的损害。

孩子患了感冒，可宇野誓子却没在学园露面，入园之初，她每天必到，从保姆对孩子的态度到打针的方法百般挑剔，搞得工作人员都很反感她。可到了这个节骨眼儿上，她却没了踪影。她顶多每周来一次，周日来露个面，也只是送些孩子必需的衣服和内裤来，其他琐事拜托给清子后就匆匆离开了,所以,她每周陪孩子的时间连一个小时都没有。即使誓子把孩子抱起来,孩子也不跟她说话。孩子盯着誓子,完全没有母子相见的眼神,孩子认不出对方,也不可能将亲昵表现在行动上。在知觉到运动的反应过程中,这是一个不可逾越的障碍。

两个月前,柏木明言的那句"您的孩子治不好"击垮了誓子。从那以后,誓子来看孩子就没有以前那么频繁了,其真正的理由,誓子自己也无法说清。

高烧四十摄氏度的高田健一在一周后仍无退烧的迹象。体温计夹上不到一分钟,红色的水银柱就像蛇吐芯子一般快速往上升。大家听不见他的呻吟,只能看到他的鼻翼在轻轻翕动,从氧气瓶中吸着氧气,只能听到他的头顶上方氧气过滤时发出的单调的"咕噜"声。

到了第十天,柏木指示护士给他家里发了电报,可过了两天,还是无人回应。听说他的母亲三年前就已经去世了,家中只有当矿工的父亲。他的父亲这一年里一次也没来过,询问儿童收容所得知,他的父亲从今年年初就没在原来登记的住所居住过,现在已经行踪不明了。

"不会是跟女人私奔了吧?"

护士长对这种事情已经见怪不怪了。她说,父爱跟母爱相比,简直是一个地下,一个天上。

即使高田健一高烧四十摄氏度卧床不起,他的右腿也一直呈四十度角从床上抬起悬在半空。把他的腿放下来,他还会照原样抬起来,仿佛在告诉人们,他的腿根本放不下。护士试着用手将其压下,他的全身就像大虾一样蜷曲起来,抵触强烈。他昏迷不醒,奄奄一息,痉挛却丝毫没有减缓的迹象。

过了三天,他的家长依然没有任何回应。第四天傍晚六点,健一咽了气。他今年八岁。他五岁那年住进这里,既不能站立,也不会说话,外人无法从他的眼神和表情判断他的悲喜。他只知道饭来张口,任意拉尿。

他的呼吸没了,心跳停止了。柏木把听诊器从他的胸口收回来,然后和下了班还没有回去的保姆以及护士们一起低头默哀。现场没有死者家属,也不必像往常一样致辞悼念。柏木抬头的时候,死者的右腿开始慢慢放下。在众人的注视下,他的脚跟第一次悄无声息地落到了床上。大家都知道,这种痉挛到死方止。

"我们需要高田健一的大脑,家属不在,不知行不行呢?"当天下午,柏木匆匆向园长提出了申请。

"在何处做解剖呢?"听了柏木的申请,园长考虑片刻之后说。

"可以在大学做,解剖大脑即可。我想研究一下中枢神经痉挛,还有大脑萎缩和内囊的关系,不会影响死者的面容。"

时隔五年,学园里又出现了残障患儿死亡的病例。

"好吧。如果没有这样的事,你待在这里也就失去了意义,对吧?"

重度脑瘫患儿的大脑解剖病例很少,因此,这是医学研究成果颇为稀缺的领域。

园长了解柏木的想法。园长心想："这个三十二岁还不成家的柏木一定是个有趣的家伙。"

"你想做大脑的定位手术？"

"还没到那个程度。"

"此前S教授有成功的先例，那就是刺破苍白球。"

"即使外部预测相当准确，脑萎缩程度也因人而异，很难找准小脑半球。"

"大脑解剖的病例极少，所以这件事难上加难呀。发现新奇事告诉我呀。"

"有脑瘫病例的大脑就好了。"柏木的语调中带有超乎寻常的热情。

"很稀少。很少有人接触脑瘫患者的大脑吧？"

"国外有两位做过病理解剖的医生，不过典型的大型脑瘫病例解剖好像还没有人做过。"

"别着急，在这里总能找到几例。那个得了感冒的孩子怎么样了？得想办法，要是治不好的话就麻烦了。"

"我明白。"

作为园长，比起脑解剖，他更关心学园里感冒蔓延的问题。

七

高田健一死后的第二天，宇野誓子出现了。她上次来还是十天以前。真由美已经退了烧。孩子患感冒之类的小病，园方一般不通知家长。誓子并不知道真由美发过烧。

得知誓子要"请教些事",柏木来到门诊诊察室。柏木觉得,在自己的屋里谈话太深入,容易像上次那样搞得大家不愉快。

"其实,我有件事想拜托您。"

说到这里,誓子侧目看了一眼旁边正在整理病历的护士,露出不愿当着别人的面谈话的样子。

"请别介意,但说无妨。"

医患之间的谈话是不避讳护士的,誓子过虑了。

"其实,此前听了您的介绍,我考虑了很多。"

眼前的誓子显得毫无困惑。

"我想让女儿做手术。"

"做手术? 给您的女儿?"

瞬间,柏木简直不能相信自己的耳朵,两眼使劲儿盯着誓子那双深褐色的眼睛。

她穿着暗红色特等绉绸衫,腰里扎着一条茶色的带子,膝上搁着叠得整整齐齐的外套。

"我考虑再三,下决心来拜托您。"说完,誓子如释重负地深深吐了一口气,然后低首俯身等待着柏木的回答。

"那种手术还在试验阶段,还相当危险,而且手术的效果也不适合您的女儿这种脑瘫类型的病人,此前我没跟您说过吗?"

"我记得,不过总会有万分之一的希望吧。"

"万分之一? 指什么?"

"治愈呀。"

誓子两眼直勾勾地盯着柏木。她抬起头，充满期待地望着柏木。她的视线和柏木的视线交汇的瞬间，誓子惶恐地移开了视线。誓子褐色的眼睛里流露出瞬间的不安和惶恐，仿佛这番话不是她本人说的一般。

"所谓万一治愈，意味着大概率可能失败。"

听闻此言，誓子背过脸，低下头，犹如霜打过的茄子一般，垂头丧气。

"您可能误解了我说的那个万一的意思，无论如何，现阶段我们是不推荐做这种手术的。"

誓子深埋着头，坐在对面的柏木只能看见她的后脑勺儿。誓子不想抬头。她到底为什么如此崩溃？柏木莫名其妙地端详着一动不动垂首端坐的誓子。

她的孩子刚入园的时候，她曾提出要求，想让她的孩子住单间，和别的孩子分开。过了仅仅两个月，风风火火的誓子就自己提出要给孩子做手术，这个转变意味着什么呢？

一个月前，柏木曾明确地告诉誓子，手术或许不会使她的孩子的情况比现在好。在那之前，誓子一直认为，进了这所学园，孩子的病就会慢慢好起来。誓子想得太简单了。听了柏木的介绍，她才知道，自己的孩子今生今世都无法自己吃喝拉撒，也无法说话。誓子自称深思熟虑一个多月，最后才提出手术的请求。她提出想做手术，又是怎么想的呢？她大概以为万一手术成功，就能治好。可是，万一总归是万一，万一之外的绝大多数做过手术的患者不是都死了吗？事到如今，柏木也无计可施，只能叹息。

说想做手术的时候,誓子的眼神异常,不是那种求生的眼神,褐色的眼睛里暗藏着些许不安,恐怖的光一闪而过。誓子嘴上说想手术治疗,或许她的心里一直在琢磨别的事吧? 柏木大大地吐了一口气。誓子仍然垂头丧气,一动不动,仿佛在祈祷着什么。

病房里远远传来了孩子们的哭声。柏木突然意识到自己产生了错觉,仿佛自己被人从现实的世界拽入了另一个世界。他觉得自己和誓子窥见了另一个世界。眼下他自己在想什么呢? 现在的念头只不过是突发奇想罢了。尽管念头转瞬即逝,但他的确经历了一番奇幻的思考,仿佛初醒之时噩梦历历在目,心里颇为不爽。柏木觉得,在那一瞬间,自己和誓子大概都陷入了那种梦幻之中。

八

十二月末的一天,久保清子来到柏木的房间。

那天的前夜奇冷,下了一层薄薄的新雪,通往学园的坡道很滑。国道上汽车打滑,早上发生了三起事故。

和往常一样,清子不是敲门即入,而是先敲一下门,听听里面的反应,弄清里面的情况之后,才悄悄地走进来。

"我一直在琢磨一件事,想拜托您,希望能得到您的批准。"

清子的开场白向来拐弯抹角。柏木把桌上的高田健一的大脑标本推到一旁,站起身坐到沙发上。

"什么事?"

"我想过年的时候把津田富子带回家。"

学园规定,从十二月二十九日到正月七日的十天内,允许部分有条件回家的孩子回家过年。过年和暑假,每年仅有这两次机会,孩子们可以跟家人一起生活。行为狂暴的残障患儿和正患感冒的残障患儿不能回家,不过即使只有十天时间,有的家长也不肯领孩子回家,这些孩子只好留在学园里过年。

　　"今天已经是十二月二十五日了,富子的母亲还没有回信。她又是离婚又是改姓,我想,这种情况下她是不会来领孩子了。"

　　再过三天就放假了,富子的母亲把富子带回家,就要整日看着她,无法出去干活儿。

　　"去年也带她回家了,但提前三天就送回来了。虽说是一年一次,不过就连一个星期也没过完。"

　　"去年这个时候,她刚再婚。乍一见到这个孩子,所有人都会逃避的。"

　　把和前面男人生的残障孩子领到新男人的面前,大概是需要相当大的勇气的。

　　"可以把她留在学园里,带回你家的话,你也够受的。"

　　"可是她那个房间的孩子都回家了,剩下她孤零零一个人,也够可怜的。"

　　"难道就没有别的办法了吗? 联系不上她的母亲吗? "

　　"即使联系上,眼下的状态,她也不会把孩子接回去了吧。"

　　"不能把她安排到别处,和其他孩子待在一起吗? "

　　"说这些为时已晚。"清子对富子的母亲余怒未消,"可以吗? 我家里只有母亲和弟弟,再说这孩子跟我也挺亲的。"

"跟你在一起,这一点我倒是不担心。"

清子一直负责看护富子,现在她们的感情形同母女,这一点是大家公认的。

"那就算同意了?"

柏木点点头,他毫无理由反对。

"还需要园长批准呀,不过……"柏木停顿了片刻说道,"你们还是别太亲近了,行吗?"

"为什么?"清子听罢,立刻拉下脸来问道。

"她又不是你的孩子,你将来总要和她分离的。"

清子咬着下唇没有吭声,轻轻鞠了一躬,说了句"我先走了"就走出了房间。

九

大雪下了一整天。下午五点一过,夜幕就慢慢降临了。国道左边的山冈上亮起了灯,学园被夜幕笼罩。滑雪场地和背面的山也同样积了厚厚的雪,万籁俱寂,仿佛能听到雪落下的声音,国道那边偶尔传来汽车的鸣笛声。

留在学园里过年的只有十五名智力残障患儿和八名身体残障患儿。身体残障患儿被集中到了有床的一号室,智力残障患儿则被集中到了铺着榻榻米的二号室。

整个学园有种人去楼空的感觉,显得空荡荡的。孩子们更是难掩寂寞。平时喧闹淘气的智力残障患儿现在都老老实实地围坐在大孩子的周围，闷声不响地干着棉活儿。

三十日的夜里，园里为了辞旧迎新，给他们放了剪纸片看。智力残障患儿坐在前排的椅子上，后排是躺在活动床上的身体残障患儿。剪纸片讲的是灰姑娘的故事，能看懂剧情的患儿不到一半。从圣诞节至今，这个片子已经反复放映好几次了，孩子们看起来依然兴趣盎然。

晚上八点半熄灯。大人说一声"晚安"，孩子们也鹦鹉学舌地跟着回答"晚安"。有五名重症残障患儿是真的无法回家，其余的十八名残障患儿是因为没有亲人来接而迫不得已留下的。有的孩子从入园至今，五年里竟没有回过一次家，他们一入园就认为自己就应该留在这里过年，甚至向别人夸耀这里就是自己的家。有的孩子拽住保姆和护士叫"妈妈"，有的孩子喊来接孩子的家长"爸爸""妈妈"，他们把身旁的大人假想成自己的父母。

八点熄灯后，学园里一片寂静，只剩下值班的办事员、保姆和护士，共三人。柏木吩咐她们给患感冒的孩子吃药打针，然后穿上外套，准备回大学的医务室。返回札幌的末班巴士到学园前是九点十分。

入夜后，室外风雪交加。卷着雪花的寒风掠过枯枝扑向北面的山坳。柏木在只留着一盏孤灯的大门口换上了长靴。这种天气穿皮鞋走坡道容易打滑，很危险。就在柏木蹲下穿鞋的时候，他的背后传来敲门声。柏木起身回头，透过四周积雪的玻璃窗隐约看见外面有个黑乎乎的身影。他走到门口，发现来者是个女人。一开门，那女人带着风雪冲了进来，手忙脚乱地拂着身上的雪。她拂完雪，摘掉围巾,在微弱的灯光下露出白皙的面容。

"对不起。您是这儿的人吗?"女人的声音低沉而沙哑。

"是的。"柏木用右手拎着换下的工作鞋回答道。

来者那苍白细滑的脸上贴着被雪花打湿的乱发,一双大眼睛滴溜溜地转个不停,梳向后面的头发间露出小小的耳朵。柏木觉得眼前这个冒雪而来的女人有些面熟。

"有事吗?"

"我是井上富子的母亲。"

柏木借着入口的灯光仔细审视着眼前的女人。她的眼睛周围布满了灰暗的皱纹,年龄三十岁开外,凸起的眼睛跟富子颇为相像,低头俯视的神态更是神似。

"我是这里的医生。"

"承蒙您照顾。"女人说着又鞠了一躬,"其实,我是来接孩子的。"

柏木慢慢地点了点头。

富子已经在二十八日被清子领回家了。

"我们联系过您,园里要求二十八日把孩子接走,您没收到那张明信片吗?"

"我当时正好有事……"从风雪中跑来的女人喘息了一阵后说道。

她并非一脸福相,但也算得上漂亮,长着孩子般长长的睫毛,一脸稚气,很难想象她曾经跟好几个男人成过家。

"您的孩子现在不在这里。"

90

"什么？"女人抬起头盯着柏木。

"她去保姆家玩了。正月里一个人留在这里太可怜了。"

女人微微张着口，认真倾听着。

"要是您提前跟我们联系一下的话，我们会把孩子留下的。"

柏木丝毫没有责怪她的意思，但眼前的女人却像挨了训一样低眉垂首。

"她跟着负责照顾她的保姆回家了，您不必担心。您的孩子也喜欢跟着那位保姆。"

女人身穿深红色的大衣，脚蹬一双白色长靴。柏木拿起放在搁板上的提包说道：

"总之，孩子现在不在这里……"

和一个女人单独站在灯光昏暗的大门口，柏木心里突然产生了一种奇妙的顾忌。

"哦，对不起，那位保姆的家住在……"女人显得有些不知所措。

"我现在也要回札幌去，我带您去吧。"

女人点了点头，把刚摘下来的围巾又系了起来。风雪的呼啸声一阵紧似一阵，外面一片黑暗，只有被门灯照亮的地方，还能看见风雪飘落。一打开大门，雪花夹着狂风涌进来。

女人个子不高，顶多也就一米五出头。她迈着内八字碎步，稍稍落后一点儿，紧跟在柏木身后。为了能让女人跟上，柏木放慢了脚步。

"您住在札幌吗？"

"嗯。"女人含糊其词。

雪下个不停，女人来时在路上留下的足迹依然清晰可见。两人并肩而行，默默地顺坡而下，来到了国道上。从海里吹来的风夹着雪扑向山坳，女人用手攥紧围巾，紧跟着柏木。

"现在去找找看。"

柏木曾经从清子家门前经过一次。乘车沿国道进入札幌市之后在第三站下车，然后沿小路右拐，再走三百多米就到了，地方不算太偏僻。柏木觉得，既然她想去就带她去吧。他不禁生出一种想帮助她的念头。柏木借着昏暗的街灯偷偷看了一眼雪中的女人。她缩着身子，并没有说话，她的肩膀起伏着，大口喘着粗气。

"怎么样？还去吗？"下到坡底，柏木又问了一遍。

"能去吧？"

"当然，如果您想见女儿的话。"

"那就拜托您了。"

"当然可以。"

柏木看了看手表，心里盘算着，现在已经八点二十五分了，到札幌市内，坐巴士还需要二十分钟，到清子家就要将近九点了，稍微有些晚，不过也没关系。

学园前的车站上空无一人，唯有他俩在冒雪等车。巴士迟了十分钟才来。雪夜中由远而近的巴士犹如一辆花车，令人眼花缭乱。女人上车以后，柏木才随后上车。

时值年末，巴士上满载乘客。女人头上的雪融化后流下的水滴，顺着头发流到了她的脸颊上。柏木偷眼看了看她的侧脸，只见她的眼角布满了细细的皱纹。柏木觉得眼前这个女人已近不惑之年。

"富子还好吧？"女人问话的语气带着不安，像是在问一件可怕的事。

"很好呀。"

听了这回答，女人微微鞠了一躬。

十分钟后，巴士进了灯火辉煌的街区，这里是 T 町，再过三站，他们就得下车了。雪夜里，路边的商店还没有打烊。临近岁末，行人和车辆都显得匆匆忙忙的。巴士从卖新年饰物的小摊旁驶过。

"下一站就是。"

柏木将手插进外套的口袋里，准备掏月票。这时候，女人开口了。

"我不去了。"

"怎么了？"柏木一头雾水，回头看着站在自己右后方的女人，"不去了吗？"

"嗯。"

不知何时，女人的眼里写满了"坚决不去"，和之前判若两人。

"为什么呢？"

女人依然沉默不语，一副受了冷遇而无可奈何的样子。从学园到 T 町的巴士上，她都考虑了些什么呢？为什么突然变了卦呢？柏木一时丈二和尚摸不着头脑。

"下站下车吗？"巴士司机问三位站在车门口的乘客。

"不。"

车停了，没有人下车，却上来了五六个人。

巴士停靠的时候，女人一动不动地凝视着车窗外面。巴士又开动了,从药房和杂货店中间可以望见通往清子家的那条路。

"对不起。"女人只说了这一句又陷入了沉默。

到了大街中央的终点站,柏木下了车,女人也跟着下了车。水影灯光映照出落下的雪。站上的时钟显示已经是九点十分了。

"对不起。"女人再次低头鞠躬。

"那位保姆的住址,您知道吗?"

"她的住址我还真不太清楚。写信的话,寄到学园就可以了。她叫久保清子。"

女人从提包里取出记事本,用一支短短的铅笔做了记录。

"今天不早了,明天打电话问一下再去吧。"

女人点了点头。

"请稍等一下。"女人侧身打开了提包,"嗯……能把这个转交给她吗?"

女人递给柏木一个小纸包。纸包包得很随便,透出里面的纸币。

"您明天带着去岂不更好?"

"哦,可我明天不一定能去得了。"

"到正月七日,她都在呀。"

"可我也许这就要离开札幌了。"说着,女人怯生生地后退了一步。

"那我转交吧。您还有什么话要转达吗?"

"请转告她,一切都好。拜托您了。"

"一定转告。"

"太谢谢您了。"说罢,女人鞠了一躬。

就在柏木回礼的一瞬间,女人冷不丁地转身而去,汇入人流之中。柏木站在原地,呆呆地追寻着她的背影,但她很快就消失得无影无踪了。

十

新年假期过完了,回家过年的孩子们都回来了。有两个孩子因为火车晚点迟到了,其余的都按规定在下午一点钟之前回到了学园。大批孩子一回来,原本留下过年、死气沉沉的孩子们也一下子活跃起来。

富子回来的时候,走时刚穿上的那件红毛衣沾着几处污渍。

"她非常聪明,连纸牌都能记住。"

被清子表扬后,富子露出满口黄牙,羞怯地笑了。富子和孩子们回屋后,柏木把富子母亲来访的事私下告诉了清子。

"她没有来信。"

"她可是把地址记到本子上了。"

"事到如今,即使见了母亲的面,富子也无所适从。"清子一提起富子母亲的事,就不由自主地冒出一番冷言冷语。

"她好像也有她的难处。"

"说起她个人的私事,三言两语说不完。"

"他们母女长得很像,眼睛和鼻子都一模一样。"

"所以才叫母女。"清子一边整理富子的衣物一边说道。

假期里,清子把富子从里到外的衣裤都洗得干干净净,叠得整整齐齐。

"现在需要的不是钱,要是为了钱,谁也不会来干我们这一行。她以为花了钱就算尽到做家长的义务了吗?"

"也未必全是那样。"

"反正挺烦人的。"

衣物堆里有一副红色的毛线手套。手套的造型正适合富子向外扭曲的手臂,手套的外侧也收编得干净利索。为了编织这副手套,清子付出了三天的时间。

"钱是人家专门送来的,你就收下吧,否则也不好处理。"

"正好给富子当零花钱。"

孩子们的零花钱,家长都不能直接交给孩子,而是交给保姆保管。即使平时家长很少来的孩子,每月有五百日元也足够了。日用品由学园供给,足够用的。饮食方面,除了统一配发的零食以外,没有另给。需要花钱购买的也就只有手纸和洗漱用品这些东西。

"她妈妈来过的事,请不要告诉富子,她还沉浸在过年的欢乐气氛之中,一时忘记了母亲的事。"

"你看着处理吧,不过,你别跟那个孩子太亲近,可以吧?"

"我知道。"清子的回答直截了当,从她的眼神里可以看出她不甘示弱的性格。

清子照顾了富子整整六年,可以说形同亲人,天长日久,清子对富子的感情越来越深,牵肠挂肚的程度甚至超过了她的亲生母亲,但是,富子只能在学园待到十八周岁,到了十八周岁,她就不属于未成年人了。届时,她就会被移交给其亲属,或者移交到福祉事务所或是收容成年人的机构，总之，她迟早会被移送到其他地方去。还有三个月富子就十八周岁了，清子不可能跟着富子到其他地方去。柏木担心她们会因为太亲近而难舍难分。

<h1 style="text-align:center">十一</h1>

一月中旬下了一场大雪。很多时候，一晚上的积雪就可以达到五十厘米。黎明时分，国道上有扫雪车打扫，国道以外的道路则全部被大雪覆盖了。

原来的积雪渐渐被行人踩实，道路变得又硬又滑，大雪再次覆盖的时候，无论地面软硬，汽车只要一陷进去，立即就会被大雪埋住，四个轮子动弹不得。

未来学园有一辆公爵牌轿车，用于园长和事务长去札幌的官厅办事以及客人的迎来送往，有时也用于园内患儿去齿科或者耳鼻喉科就诊。进出学园的汽车经常在坡道上熄火或陷入深雪不能开动，不过，了解学园内情的人遇到这种情况都不会慌张，他们会把陷在雪里的汽车抛在原地，直奔学园的办公室。

"车又陷进雪里了，还得麻烦您！"

办事员听罢，苦笑着拿起话筒，朝大楼喊话。

"有车陷进雪里了。"

接着就会有十五六个孩子欢蹦乱跳地涌出来。这些进入冬天就很少出屋的智力残障患儿个个力大无穷，难以控制。

"在国道入口的转弯处。"

孩子们顺着坡道跑下去。

"走呀！瞧！"

司机轻踩油门，试着和孩子们一起推动汽车前进。即使四个轮子全陷进雪里的车，用不了多久也会被抬起来。司机一想起"傻力气"这个词，就禁不住苦笑一番。汽车借着孩子们的推力一口气爬上了大坡。

"再见，再见。"孩子们站在坡下挥手。

"再见啦。现在就回你们的学园去吧。"司机从车窗里大喊着。

学园正大门周围的大片空地随时有人除雪，到了冬天，停车也非常容易。除雪的活儿也都是交给这些残障患儿，他们早上八点准时出来一起干。

孩子们按照吩咐默默地工作，丝毫没有半句牢骚，即使工作单调也不厌倦，一直干到有人喊停为止。

柏木早上经常会遇见学园的孩子们扫雪。临时雇来的扫雪工只扫扫显眼的地方，然后把地面拍打结实就算万事大吉。孩子们则不然，他们扫起雪来有板有眼，先把雪扫成一堆一堆的，堆成方糖状，再清理干净。他们非常听话，怎么教就怎么做，绝不偷懒。雪铺天盖地下个不停，仿佛全部的生活都被封在了这个白色的世界里，孩子们却耐心顽强地抵抗着大雪，用踏实的劳动来抵抗大雪。对那些不慌不忙、顽强抵抗大雪的孩子们，柏木常常驻足观望，感叹一番。

学园所在地受大陆冷高压的影响,一进入严冬便寒气刺骨,透过屋檐下垂着的冰柱,可以仰望干燥清冷的碧空。

回家过年的孩子带回的感冒逐渐在学园里蔓延开来。每个病房都有两三个孩子咳嗽。残障患儿容易形成肺淤血,他们吐痰的能力又弱,所以一旦引发咳嗽就很难治愈。

能自己洗手漱口的孩子屈指可数。就咳嗽这件事来说,即使靠他人帮助,患儿也不可能咳嗽自如。

流感在社会上也肆虐开来。据说今年的流感特征是咽喉症状明显并伴有头痛,幼儿还有腹部症状。一月中旬医生才查明,其元凶是 A Ⅱ 型病毒。

宇野真由美也早早地患上了感冒。真由美的硬腭部分缺损使她口鼻间漏气,只要室内的温度骤变,她就会感冒,面色发红,喉咙发炎,呼吸困难,喉咙红肿很快又会引起支气管发炎。大部分孩子一周左右就退了烧,而对真由美来说,即使只有咳嗽的症状,她也会高烧不退。

平时很少感冒的富子这次也感冒了,她的喉咙肿痛,发烧三十八摄氏度。清子连续两个晚上都没回家,在富子的身旁照顾她,片刻不离。清子也没跟柏木商量,就自作主张给富子打针服药。护士把这件事告诉了柏木,柏木听罢没有作声。经过清子的悉心照料,虽然柏木没有介入,富子的烧也退了。

一月底,宇野誓子接到园方的通知,得知孩子因患感冒状态不佳,便来到了学园。当她看到真由美满脸通红痛苦不堪的样子时,宇野誓子顿时乱了方寸。她将毛巾在注满水的洗手盆里浸湿之后,搭在真由美的额头上,有好几次真由美就如魔鬼附身一般,伸手将额头上的毛巾拽下来。高烧使她噩梦不断,她的两只手不停地乱舞,即使睡着了,她的手仍然不停地扭动。听着真由美熟睡的呼吸声,誓子陷入了沉思。"呼哧呼哧"的喘息声发自真由美的喉咙深处,最初听到的那种呼吸困难的喘息声,不久就变得单调平稳了。

真由美压根儿就没有顾及誓子的感受,只顾自己昏睡,醒来也不想看誓子,呻吟着伸手去拽额头上的毛巾,然后又昏睡。在誓子的记忆里,自真由美出生至今,两人好像从来没有过母女心灵相通的时候。她觉得眼前的孩子跟自己已经相当陌生了。真由美的手犹如拒绝誓子的关爱一般拽掉毛巾,总有一天,誓子会放弃给孩子额头搭毛巾的。她坐在椅子上,呆呆地看着孩子。

下午,柏木来到病房。

"怎么样了?"誓子从椅子上站起来问道。

"好像是感冒引发了肺炎。"柏木收起听诊器之后又说,"不容乐观呀。"

誓子轻轻点点头,又把视线移回孩子身上。孩子的呼吸一直很沉重,胸膛像被沙袋重重地压住了一样。

"观察一两天,再考虑是否转到大学的医院去。"

"去大学的医院?"

"到了那里,治疗条件更好些,而且您也可以一直陪着她,照顾她。"

在学园里,家属不能给孩子陪床。因为这里是儿童收容机构,跟医院是不一样的。

"三十九点二摄氏度。"护士看着体温计说道。

"请就这样在这里待着吧。"柏木给真由美测脉搏的时候,誓子说道。

"好呀。探视结束之后你可以留在这里。"柏木对誓子和护士吩咐道。

"您弄错了。我是说,就让真由美留在这里吧。"

柏木盯着誓子的脸看了看。她那双褐色的眼睛冷冷地迎着柏木,她的眼里映出了胆怯,然而胆怯转瞬即逝。柏木记得此前见过她这样的眼神,跟现在的一模一样。

"可以。"

誓子如释重负地吐出了一口气。在誓子行礼时,柏木转身走出了房间。

一连三天,真由美一直高烧近四十摄氏度,而且丝毫没有退烧的迹象。第四天的晚上下起了大雪。早上,国道因为大雪而变得拥堵,路上的车一辆紧跟一辆慢慢地爬行着。柏木迟到了一个小时,十点半才赶到学园。

"小真由美从昨晚开始一直呕吐。"他一进病房值班室,护士长就迫不及待地向他报告。

"她的家属住下了吗?"

"她的母亲待到晚上九点,说今天中午之前还来。"

柏木在衣柜前脱下西装,换上白大褂,然后看了看屋里的温度计,上面显示十一摄氏度。昨夜盖住窗户的雪正在朝阳的照耀下慢慢地融化。

　　抽完烟,柏木走进病房,只见两名护士和保姆清子围在真由美的床前。小护士正在真由美的手臂上注射氯霉素。柏木一进来,正按着孩子胳膊的清子抬头望向柏木。

　　枕头旁边放着一个污物盆,里面装着孩子刚吐的东西。呕吐的东西不过是些白水和泡沫。

　　"体温是多少?"

　　"六点测的是三十九摄氏度。"

　　"脉搏是多少?"

　　"每分钟九十三次。"

　　真由美翕动着小小的鼻翼,急促地喘息着。柏木戴上听诊器,听见整个肺部全是水泡音。

　　"请注射安乃近。"柏木只说了一句就离开了病床。

　　"大夫!"清子从背后叫住了柏木。

　　"什么事?"他看见清子的眼里泛着异样的光芒。

　　"可以给她吸氧吗?"

　　柏木思考片刻之后点头同意。

　　"那就这样吧。"

　　"只吸氧行吗?"

　　"行呀。"说完,柏木逃离了病房。

　　真由美昏睡了一整天。柏木巡诊之后,接踵而至的誓子坐在真由美身旁,像看不够一样,紧盯着孩子的脸。现在她既不拧毛巾也不握孩子的手,只是挺直身子默默地坐着。誓子仿佛在拼命忍耐着,身子挺得笔直,好像一触即溃一般。她挑战着自己身体的极限。只有在孩子伸腿蹬了被子的时候,誓子才将身体前倾动一动。

下午,窗户上原本融化成水滴的积雪,随着气温的下降又变成了一层薄冰,在夕阳的映照下,薄薄的冰晶呈现出红色的龟裂。

柏木把誓子叫到屋里。

"今晚和明天挺危险。"

柏木将视线从显微镜上移开,只说了这么一句。显微镜上载着高田健一的脑切片。誓子没说什么,只是点了点头。

"您跟先生联系了吗?"

"早上联系过了。"誓子回答道。

"等会儿还要诊察一次。"说完这句话,柏木又把视线移回显微镜上。

誓子一声没吭,关上房门出去了。

晚上,誓子的丈夫来了。

"承蒙您的关照。"

他按照惯例寒暄了一番,他看上去比初次见面时更老更瘦了。

"我打算把那个房间里的孩子暂时移到别处去,可以的话,今晚你们就住在这里吧。"

"我们是有备而来的。"誓子的丈夫说这话的时候,一直盯着柏木。瞬间,两个男人的视线交汇到了一起。

"我今晚也住在这里。"

"给您添这么多麻烦,真对不起。"

移开视线之后，誓子的丈夫又恭恭敬敬地鞠了一躬。

高田健一的大脑从表面的大脑皮层到神经密集的髓质，被一层层地切成了一百五十片，并被制成了标本，用来观察细微之处大脑萎缩的神经病变和出血斑点。吃完学园的晚餐后，一直到十一点，柏木都在仔细观察这些标本，一丝不苟地记录下用显微镜观察的结果。这一片片标本对柏木来说恰似珍宝。

十一点，护士来电话报告说："真由美的体温为四十点二摄氏度，低压为一百二十毫米汞柱，如何处理？"

"继续观察。"柏木回答道。

现在用什么退烧药都已经无济于事了。

接完电话，柏木在沙发上躺下来，他本想小睡一会儿，结果不知不觉进入了梦乡。

他看见白色的容器里装着一个大脑。这个大脑与众不同，是个褐色的萎缩了的大脑。用手术刀将大脑的半球切开，中间部分淌出了黄色的奶油状物质。柏木在众多学者的面前宣布自己正在研究脑瘫性大脑。宇野誓子和她的丈夫也想看看显微镜，也凑了过来。当他们听说是自己的孩子的大脑之后笑了，两人笑得表里不一，而且还不止一次地念叨说，这个绝对没错。

电话铃声把柏木从梦中惊醒，刚才的梦境依然记忆犹新。

"大夫，真由美好像不对劲儿。"

"我马上去。"

柏木从沙发上站起身，在镜子前整了整领带。手表显示此时是凌晨两点。窗户只留了一条细细的缝隙,以便排出病房里浑浊的空气。窗外依然下着的雪,缓解了寒气,增加了干燥。

柏木走进病房的时候,看见房间里有宇野夫妇、值班的两名护士以及清子。深夜的病房里万籁俱寂,只有被白色帘子隔出来的一隅还有动静。大家都不约而同地回身看着柏木。

真由美停止呼吸了。柏木用听诊器听,还能听到她微弱的心跳声,说明呼吸刚刚停止,她的身体尚有余温。柏木收起听诊器,用手电照了照真由美的瞳孔,瞳孔已经放大,没了反应。柏木再次用听诊器听她的左胸,这次心跳也停止了。柏木慢慢关掉手电,收起听诊器,然后朝着誓子的方向鞠了一躬。

"没能留住她,抱歉。"

看见柏木鞠躬,誓子一时不知所措,只是呆若木鸡地看着眼前的一切。当柏木再次朝死去的孩子鞠躬的时候,站在一旁的清子不禁放声大哭。

"真由美,真由美。"

清子摇晃着真由美已经不能再动的手脚哭喊着,围在旁边的护士也跟着呜咽起来。

"就这样了。"柏木再次向誓子和她的丈夫行了目礼。

誓子两眼恍惚,望着柏木。

"您费心了,谢谢。"誓子的丈夫哭着答谢道。

柏木转身出了房间,誓子这才转身看向自己死去的孩子。

"真由美!"听到丈夫的呼喊声,誓子开始崩溃了,她一屁股瘫坐在椅子上。睁大的眼睛里涌出了泪水,泪珠越来越大,泪水浸湿了她细腻的脸颊。

整个晚上，誓子都以泪洗面，哭泣不止。

十二

最近，久保清子和津田富子相处的时间更长了。即使下了班，清子还和她一起唱歌，教她折纸。

根据《儿童福祉法》规定，富子必须在三月份离开这所学园，还剩下最后一个月了，而申请入园的孩子早已在排队等候。

她的母亲的住址不详，学园发出的一封封信都被盖上"查无此人"的章退了回来。整个北海道没有收容十八岁以上成年残障患者的机构，解决这个问题的办法是将其转到道外的收容机构或者领回家。所有的机构都人满为患。社会福利机构的调查员到多家医院和福利院去过，没有一家愿意接收她。接收像富子这样的残障患者，光住院费每天就需要七百日元，这可不是个小数目，此外，院方还要为她准备里里外外的换洗衣服，还要专门照顾她吃喝拉撒，同样的住院费是没有地方肯接收的。

儿童收容所也想方设法寻找富子的母亲，可是毫无结果。清子判断她现在可能已经离开北海道了，虽然富子对此一无所知，但清子对这位母亲不负责任的做法感到愤慨不已。

这些日子，清子开始考虑，要是富子没有去处的话，自己可以把她领回家。勉勉强强找一家人满为患的机构或者把她交给仅有血缘关系的亲戚，她只能成为人家的累赘，想来想去，她都前途未卜。

经过深思熟虑，清子觉得应该把她当作自己的养女领回家，反正自己也不想结婚，不想生孩子。迄今为止，清子把自己的一切都献给了这些孩子，即使为这些残障患儿奉献一生也在所不惜。清子没有意识到，这或许是一种慰藉老姑娘寂寞之心的自我满足，她一心一意地为这一崇高的事业而献身，而且还有一股不达目的誓不罢休的劲头。听闻清子的这一申请，柏木着实吃了一惊，转念一想，这个申请方显清子本色。

"真的吗？"

"绝无戏言。她的母亲不来领她的话，我就把她领回家。"

"你仔细考虑过吗？这样做也许会改变你的生活。"

"我知道。"

"即使你自己愿意，也要考虑到这给你的母亲和其他亲属带来的麻烦。"

"这不要紧。"

"不管怎么说，身为这里的职员，你没必要为这种事牺牲自己。"

"可是，将来不管是把富子交给收容所还是交给她的妈妈，富子这样的身体都是无法正常生活的。"

"可这件事非同小可。你没看见就连她自己的母亲都无所适从了吗？"

"我很了解这个孩子。"

久保清子一旦下定了决心，别人就很难改变她的想法。她一意孤行地认为，只有自己才能养育好这个孩子，而且这种自信不亚于富子的生母。

"你现在的心情我理解,可照顾孩子不是一天两天的事,要花一辈子的,你有这个准备吗? 这可不是养只小猫那么简单,不能养够了就扔掉。"

"可以。我不行的时候,还可以拜托您。"说到这里,清子将锐利的目光投向柏木。

"拜托我?"

"我想您可能有更好的办法处理这件事。"清子的话里带着气,就连她自己都无法控制。

"这真是难以理解呀。"

柏木歪着头,他真是搞不清楚清子的想法。他担心清子还会再次歇斯底里发作一番。

"您真是个了不起的人,这一点我知道,之前就领教过。"

平时总是面色苍白的清子,瞬间涨红了脸。

"你说的是哪件事?"

"大夫,你救活小真由美了吗? 当时您要是尽心的话,就不会只给她用抗生素退烧,敷衍了事打发她了,连吸氧都不想给她做。她吐成那个样子都没给她补液,不是吗? 这算是全心全意救死扶伤吗? 大家还都口口声声叫您大夫……"

清子一通竹筒倒豆子发泄完了之后,"呜"的一声,把头靠在墙壁上放声大哭起来,蓝色的保姆服里瘦弱的身体随着哭泣上下摇动。

听完清子这番控诉,柏木显得非常冷静,就连他自己都觉得有些莫名其妙。怪不得从那次以后,他觉得清子对他的态度有些冷淡怠慢，原来原因在这里，柏木这才恍然大悟，不自觉地点了点头。

说起来，清子的这番控诉并非空穴来风，胡乱猜测是不行的，也不能说柏木的心里没有这种消极的念头。清子大概是凭着多年当保姆的经验察觉到了他的心思，不过，柏木没有做错什么。也许不够天衣无缝，但还没有明显到异常的程度。呕吐了就必须补液，也不是绝对的道理。补液多是在脱水严重的时候或是全身状态恶化的时候才进行的，而在当时的情况下最重要的是施以解热剂和抗生素。如果出问题的话，不是柏木的指示问题，而是柏木下达指示时的态度问题。或许是他下指示的态度不够认真，或许是他的治疗方法让人想不通，思前想后，柏木也不得要领。当时柏木确实存在"患儿已经没救了"的消极情绪，他没有见死不救，可是也没有做到拼尽全力救死扶伤。

"您是个没有人性的人，冷酷无情的人，不是人。您不配当大夫。我蔑视您！"清子越说越愤怒，已经口不择言了。

柏木心里对死去的宇野真由美没有什么爱或憎的感觉，他与她丝毫也没有那种心灵沟通的感觉，一定要寻求他跟那个孩子的心灵沟通也有些勉强。医生和患者的沟通说白了只是医生和病情的沟通。柏木认为自己当时对她的病只是进行了常规的治疗，谈不上积极，也谈不上怠慢，只是对症治疗而已。治疗上既没有怠慢，也没有过度，反正是尽了力，一如既往，该给孩子打针就打针，有情况也是随叫随到。在这方面，他没有受过别人的责备。

"我都懂。不，是我感觉到的。小真由美太可怜了。"清子断断续续地说个不停。

柏木从白大褂口袋里掏出一根香烟,又拿起打火机。不巧打火机里没油了,他又从桌上拿起一大盒火柴点上了火,然后慢慢吐出一口烟。清子歇斯底里、怒不可遏,而此刻,柏木却平心静气。大部分大夫遭人如此数落肯定会火冒三丈,柏木却没有发怒。柏木心里明白,事实根本就不是她说的那样。没补液,吸氧太迟,不是一件简单的小事,其中有一个很大的原因。柏木只能说这些,但是柏木的确看在眼里,记在心里。这些事,誓子和她的丈夫也都看在眼里,而且只可意会,不可言传。那个眼神中表达出的愿望已不是让自己的孩子活下去,而是另外一种愿望。这种愿望恐怕只有柏木和孩子的双亲才能体会到,而且这种感觉千真万确,绝对没错。可以说,这不是医生和患者之间的沟通,而是医生和患者亲属之间的沟通。

"您想用这个孩子的大脑做研究。您从三个月前就在这里告诉过我。我好奇这件事,还问过您,但是,现在想起来,这件事不同寻常,非常可怕,可怕到我想都不敢想的地步。"清子理了理头发说道。

当时柏木确实曾有过这种想法,他的确是需要一个脑瘫型的大脑做研究。他对痉挛患儿的学术研究兴趣盎然,说不需要那是说谎。清子说他因此对真由美见死不救,他想向她解释这都是为了工作,但是柏木即使想要这样的大脑,也不会做这种事。这些都是清子的无端猜测,清子根本就不知情。为了确认,柏木再次回想起誓子那时的眼神。

"大夫,不管您如何生气,今后如何刁难我,我都不在乎。我也早就做好思想准备了。"清子拿着一块杂色的手帕擦着脸说道。

"我才不会生气呢。我不会放在心上的。"柏木安慰清子道。

十三

保护残障患儿的母亲大会三月上旬在札幌的 S 会馆召开了。许多妇女团体、保护儿童会、福祉事务所和机构后援会纷纷参会,其目的在于加强残障患儿亲属的团结,要求政府将来增加新机构,保障患儿的生活。

未来学园派出园长、事务长、部分保姆和护士出席会议。

柏木当天没有到学园,上午十点直接去了会场。他担任大会的顾问,但他更想观察一下这次大会的情况。当顾问只是事务局单方面决定的,柏木对此并没有表现出多大的热情。尽管这个头衔是他事后接受的,但他觉得这件事也没必要反对。

柏木到会场的时候,会场上一位智力残障患儿的母亲已经在倾诉心中的烦恼了。

会场的中央悬挂着一条横幅,上面用大字写着"保护残障患儿的母亲大会"。旁边还悬挂着竖幅的宣传口号:"争取建立残障儿童的乐园——疗养区!""争取建立残障儿童赖以生存的机构!""保障残障儿童生活的权利!"讲台左右摆满了各种妇女团体、文化团体、议员以及市长送来的花束。

讲台上一位四十岁上下的主妇正在发言,她看上去有些神经质,身体一会儿朝左,一会儿朝右。

"政府究竟是如何对待我们的呢?对我们这些母亲和孩子见死不救吗?此刻我在这里倾诉的时候,我家里还有不得不靠父亲照顾的孩子。这孩子没人照顾就无法生存。他不会说话,被绑在椅子上,可是我们的孩子也是人,是作为一个堂堂正正的人来到这个世界的。可是这些孩子究竟是如何被对待的呢?自卫队购买一架飞机所花费的钱就能建起五座完整的残障儿童福利机构。无论形势如何、条件优劣,活着的人都有生存的权利。无须赘言,我们只希望有一些让这些孩子能安心地活下去的基本福利机构!"

会场上掌声雷动。柏木站起身,窥视了一下前排。厚生省和福祉课的相关官员以及福利机构的相关人员都来了,其中有四五位还有些面熟。主持人宣布下一位演讲者的名字,这次被提名的是儿童收容所的所长。

"首先,我向辛勤操劳的诸位表示敬意!为保护诸位的孩子的正当生存权利,我们必须团结一致,努力奋斗!"他用那沙哑的嗓音,不断地重复着同样的内容,"希望政府能够实施充满人道主义的政策。"

他用这句话结了尾,台下的掌声经久不息,热烈的气氛笼罩着整个会场。如果此时此刻借着这个气氛向厚生大臣陈情的话,大概这些请求都会被批准。

接下来登台的是一名儿童。这是一名患有严重痉挛性麻痹的重症患儿。他登台十分困难,简直就是一个台阶一个台阶爬上去的,他的右手严重麻痹。当他走到讲台上时,会场里的气氛达到了高潮。

"为什么,我们麻痹……"

他的话语时断时续,握着讲稿的手不停地前后抖动。他的身子后仰,快要倒下去似的,会务人员赶紧登台扶住他的后背。这种患儿一旦激动起来,比平常更容易发生强烈的痉挛。他讲的什么,柏木没有仔细听。台下的母亲们个个都用手帕擦着眼泪,仰望着台上。台上的孩子口齿不清,但他还在拼命地倾诉。

"请让我们活下去!"

接下来是福祉课长登台跟这位少年握手。课长伸出手,少年的手抽搐不停,抓了好几次都没有抓住课长的手,最后还是课长先抓住了少年的手。

"请您加油!"

热烈的掌声一浪高过一浪。那位少年被两位母亲抱着走下了讲台。

趁此机会,柏木走出了会场,来到大厅休息。时近中午,透过二楼大厅的玻璃窗可以望见外面的电视塔和巴士停车场。昨夜的新雪在阳光的映照下有些耀眼。色彩鲜艳的红黄相间的巴士来来往往,身穿五颜六色外套和长靴的年轻人川流不息,还可以看到利用午饭时间穿着工作服进入咖啡馆的工薪族。大厅的扬声器里传出会场内演讲的声音,声音时而低沉,时而高亢,穿过大厅,在玻璃窗上发出回响。这时传来母亲的尖叫声,接着又是呜咽。柏木感到很不舒服,脊背发凉,不寒而栗。会场里的声音越高亢,在柏木心里,那声音就越远,仿佛隔着千山万水。

柏木掐灭烟蒂,站起身来。接下来就该久保清子发表研究报告了,但柏木不想听,只想打道回府,他想回学园继续观察宇野真由美的大脑切片。

"你来了。"当他站起身时,背后传来了招呼声。

柏木听出这是事务长的声音。他比园长大三岁,干这行已经三十年了。

"大会搞得挺隆重呀。"柏木轻轻鞠了一躬说道。

"您是第一次参加?"

"嗯,耳听为虚,眼见为实,大会的演讲果然激情澎湃,一听就觉得累。"

"我现在习以为常了。"

事务长调侃着坐到了旁边的沙发上,柏木也跟着再次坐下。

"长见识了吗?"

"母亲的力量真伟大呀! 以前我认为女人是没那么容易团结起来的,可一旦拧成一股绳就很可怕,简直吓人。"

"大会一年一度,她们只是发泄一下而已。"

事务长把烟灰缸拉到自己的面前。他处变不惊,他那沉甸甸的肚子显得他对残障患儿的一切都了如指掌。

"我的孩子也是人,他究竟受到了怎样的待遇呢?"扩音器里传来了高亢尖细的喊声。

"我想起了工会的大会。"

"政府也不容易呀。"事务长把香烟举到嘴边说道。

"我也这么想。生下残障患儿的不是政府,而是他们的父母呀。他们不能一味地指责政府。"

听了柏木的这番话,事务长露出苦笑。

"一个对社会毫无贡献的人却在浪费金钱,想想怪有意思的。"

"这种观点也不无道理。"

"那些孩子花费再多金钱也不会给社会任何回报。"

"但是必须弘扬助人助残的精神……"

"我总觉得有些前后矛盾。"

柏木心里一直没拐过这个弯来,他想,事务长可能感觉他像个孩子一样不谙世事,但是他跟清子不同,事务长的想法给他一种现实感。

"中学课本上说,人是有思维的。按这种说法,没有思维的就不能算人。"

"不过,这样说是不是太过分呀?"

"但是所谓的人……"

柏木说这番话的时候,事务长遮遮掩掩地望着窗外。

"今年的雪格外多呀。"

"像是十年一遇。"

满腔热情的柏木被当头浇了一瓢凉水。他望着窗外,阳光变暗,天空下起纷纷扬扬的小雪。

"哦,那个津田富子,她的母亲找到了,好像是在钏路,她的母亲要把富子接回家。下周六钏路儿童收容所要来人。"

"她的母亲不来吗?"

"好像来不了。"

"她做什么工作?"

"说是在旅馆干活儿,大概是在酒吧里上班,好像被什么男人骗光了钱,现在一无所有,整个三月份,孩子都要寄养在儿童收容所里。"

"久保清子知道这些吗?"

"不，还不知道。我想明天再告诉她。她提出想领养这个孩子，不过这下总算可以放心了。"

"她的母亲把她领回去又会怎么样呢？"

"那就不好说了，可也没办法。想来想去，也没有别的办法。"

"真的没有办法了吗？"

"已经到这个地步了。"

"到这个地步？怎么讲？"

柏木侧过身这么问的时候，事务长只是笑而不答，没再言语。他的意思是说，事到如今，富子总算有了去处，真是谢天谢地，除此之外没有更好的办法。转交到别的机构去，再找一家医院，或许这些都算不了什么。柏木再次审视悠闲地吐着烟的事务长的侧脸。从富子出生到她长这么大，任何人都没有过失吗？一瞬间，柏木想到了这些问题，但很快又把视线移向窗外，掩饰心里的想法。

会场里传来熟悉的声音，那是久保清子的声音。两人站起身回到会场。

清子一边展示幻灯片，一边用纤细的声音讲解着研究报告。报告内容介绍，教双手残疾的孩子用双脚取物，效果显著。孩子可以用右脚拿起铅笔，拿起调羹；一只脚端着盘子，另一只脚拿着调羹往自己的嘴里送饭；还可以用脚洗脸。接着，巨大的幻灯片上浮现出四年前富子尚显幼小的脸。再过一周，富子就要回到她的母亲那里去了。富子跟她的母亲将来的生活会怎样呢？柏木的脑海里忽地回想起雪夜中富子的母亲那张苍白的脸。

清子得出的结论是，从幼儿时坚持训练，孩子的脚就能拥有不亚于手的能力。幻灯片放完了,室内的灯光亮起。清子收起念完的发言稿,低头鞠躬。这时,场内一片寂静,跟刚才热烈的气氛截然不同,没有一个人鼓掌。

"有人想提问吗?"女主持人高声喊道。

"有。"

柏木右前方座位上的一名妇女举起了手。

"请!"

"刚才这位保姆老师的研究内容讲得十分明白,但是我坚决反对这种研究。没有手就用脚来吃饭,这种做法不是人的行为,连牛马都不如,简直惨不忍睹!也许因为是别人的孩子,您才能这样训练,但是,我绝对不允许我的孩子这么做。我坚决抵制这种教育方法,这实在是太残忍了……"

说到这里,发言人沉默了,接着传来了哭声,那位发言的妇女低声说了两三句就坐下了。随后,会场上像炸了锅一样,叽叽喳喳乱成一团。

"请尊重人权!别人的孩子也是人!"坐在柏木身后的一位妇女怒不可遏地狂叫起来。

此刻,站在讲台上的久保清子面色苍白,显得有些不知所措,欲言又止。

"请安静!"站在一旁已经看不下去了的主持人喊了一句。

"可是……这也是权宜之计……如果不想办法……那个如果不用脚的话……"

"请打住!"会场的角落里响起了怒吼,声音传遍了会场的每一个角落。

"我认为这个未来学园保姆的话简直是一派胡言。我们的孩子即使手脚失能也是个人,是我们的孩子,而她一口一个'那个'是指什么？'那个'是称呼牲畜吗？"

纷乱喧嚣的空气充斥了整个会场。

"我是在拼命认真地做这项工作,比诸位更……"

说到这里,清子突然冲下了讲台。她性格刚烈,此时没有流泪,却浑身颤抖,难掩激愤。她的好意得不到大家的理解,如此努力工作却得到了这样的结果。清子懊悔万分,真想放声大哭。她一路"咚咚"地从旁边的侧门跑到了走廊上。会场上的喧嚣还在她的耳畔回响。当清子瘫倒在走廊边的沙发上时,她的眼泪这才像断了线的珠子般涌了出来,一发而不可止,大颗大颗的泪珠从她捂着脸的手指缝里滚落下来。

保姆主任和护士长紧跟着追了出来。

两人一左一右拥着她,安慰她。清子泣不成声,她的手里还紧紧攥着刚才的发言稿。突然,她仰起了满是泪水的脸。

"那是一种方法吗？那只是一个例子,并不是要让所有孩子都这样做。说到底,这只不过是为了孩子着想做的一个实验。还有她的'那个'也只不过是情绪激动时随口说的,请诸位千万不要误解。给诸位带来不快,我们深表歉意！"麦克风里传出园长的声音。

清子俯身向前,双眼紧闭,听着这些话。听完园长的这番讲话,她再次扭动身子,双手捂着脸,痛哭起来。坐在她身旁的两个人,只好静静等待着清子恢复平静。

十四

雪下了一整天，这是三月里罕见的大雪，由于回春暖流的到来，三月的降雪让人觉得又湿又重。火车频频晚点。钏路儿童收容所的工作人员到达学园的时间比原定的时间晚了两个小时。

五天前，富子就接到了回她的母亲那里的通知。她每天都盼望见到清子，但是清子自母亲大会之后就请了假，没来学园。富子当然不知道清子请假的原因。

出发那天，清子的弟弟拿来了一个大塑料袋，说是给富子的。袋子装满衣物，有红毛衣和裙子，还有内衣，有些是休假这几天清子亲手编织的，富子试穿这些衣服，件件都合身。另外，袋子里还有一封信。

"多有叨扰，深表歉意。我想再休息几天。我一直在犹豫要不要见富子一面，然而，见面会带来更多的离别之苦，也就作罢了。袋子里的东西请全部让富子带回家。"

在出学园大门之前，富子一直东张西望地寻找清子的身影。直到护士长告诉她，清子因病没来，她这才慢慢地点了点头。

可是没过十分钟，她又开始东张西望起来，虽然没人挑明，但是大家心里都明白富子在寻找谁。

下午两点，富子和收容所的人一起坐车出了学园。天上的雪依然下个不停，富子穿着那件大红毛衣走了。他们计划当晚赶到钏路。

十五

名曰"三寒四温"的季节来到了,国道两旁的雪融化了,露出黑色的沥青。轮胎上加装了防滑链的汽车慢吞吞地驶过。有些司机以为春天已来,便拆掉了汽车的防滑链,雪一来,他们马上重新给汽车装上了防滑链。防滑链看起来好像已经没多大作用了,但是拆下来还是很危险的。

学园的后山和西南的斜坡雪迹斑斑,露出了黑色的土地。时隔半年,泥土的气息又顺着窗户吹进房间来了。

春意盎然的周六下午,柏木来到宇野誓子的家。

誓子发出邀请,真由美四十九日祭日那天,她希望柏木务必去。柏木本来不想去,但经不住誓子热情相邀,也就去了。

誓子的家位于山脚下新开发的住宅小区。春意融融,屋里的集中供暖设备已经没了用场。里面那间六张榻榻米大的房间里搭起了华丽的佛坛,上面装饰着各种各样的花饰,摆着玩偶和玩具,中央摆放着一个幼儿用的奶瓶。到场的亲戚朋友有十人。

"承蒙您关照。"穿了一身丧服的誓子寒暄道。

"没有帮上什么忙。"

听着念经声,柏木想起了清子的话:"您见死不救。"他确实没有尽全力抢救孩子,但过去的都过去了。柏木也在一遍遍地扪心自问,但这句话在他心底一直挥之不去。

"我觉得,一切都随缘吧。"誓子的丈夫望着灵牌说道。

誓子褐色的双眼注视着柏木。她的眼睛看上去平静而明亮,丝毫没有阴暗雪天里见到的那种不安的阴霾。柏木呆呆地想："这大概是春光透过隔扇映照进来的缘故吧。"

到了傍晚，天色渐暗，下起了雨夹雪。从誓子家出来之后，柏木回到了学园。他继续用显微镜观察大脑切片，观察完最后十片，这项工作就完成了，现在把结果写入论文，还能赶上六月的学会。从六点开始，柏木又坐到了桌旁。雨夹雪不断敲打着窗户，春天又要迟到两三天了。

这时电话铃响了，电话里传来值班员江泽的声音。

"大夫，刚才警察来电话说，津田富子死了，据说是和她的母亲一起卧轨了，是自杀。"

柏木听罢，半天没出声。

"刚才警察来核实过。"

"什么时候的事？"

"好像是傍晚，警察是根据孩子的身份证明联系学园的。"

"确实是津田富子吗？"

"嗯，她的母亲津田启子的身份已经确认了。孩子的身份他们拿不准，但是根据手脚残疾的情况来看应该是她，因为那个孩子的手外翻，手指捏着。"

"手臂被压断了吗？"

"听说是从胸部和腿部压过去的。"

"是吗？再有消息请通知我。"

"明白。"

挂断电话,柏木一时间站在原地未动,呆呆地望着空中。风不断敲打着窗户,黑暗的窗外,雨夹雪斜刺着横扫过来。窗户玻璃上映出了柏木的面容,映出了台灯,映出了显微镜。窗户的对面是另一个房间。雨夹雪打在窗户上化成白色的水滴,顺着玻璃流下来,一波接一波形成白色的水帘。

柏木想象着雨夹雪中富子母女的尸体。清子倾尽心血训练出来的富子,已经肢体四散。

"已经到这个地步了。"柏木又回想起事务长的话。柏木背靠椅子,慢慢地伸了个懒腰,接着连抽了两根香烟。

电话又响了。柏木伸手抓起了电话听筒,肯定又是富子的事。

"我是柏木。"

"喂,是您吗？下午百忙之中光临寒舍,非常感谢。"出乎意料,电话里传来的是宇野誓子的声音。

"刚才您把白色的打火机忘在我家了吧？我猜是您的。"

柏木将手伸进口袋摸索了半天,的确没有,看来刚才真的把它忘在誓子家了。

"那就先放在我这里吧,回头我给您送过去,或者您有空顺便过来取回,好吗？"

"我再买一个就是了。"

"急着用的话,我给您送过去吧。"

"不用。"

"是吗？那您有空来玩吧。我恭候您。"

"明白了。"

"我随时都方便,那我就先挂了。"听筒里传来誓子动听的声音。

电话挂断了。

柏木手里握着响着忙音的听筒。他想,现在得赶紧把津田富子的死讯告诉清子。

临头

一

"您这边请。"

我在 T 先生的指引下步入会场。我觉得自己神情紧张、面色苍白。

会场设在 P 饭店的二楼大厅里。进了大厅,我紧盯着 T 先生的后背,跟着他穿过人群和桌席,径直来到位于大厅最里面的主桌前。我的眼前就是话筒,旁边细长的桌子上摆着奖品和花束。

"您在这儿就可以。"

T 先生把我安顿好之后,又匆匆回入口处去了。我六神无主地看看 T 先生的背影,又环视整个会场。从我的位置可以纵观整个会场。我看见被誉为文坛泰斗的 N 先生,老当益壮的 O 先生,生龙活虎的 S 先生,和想象中一样漂亮的 S 女士,和我年龄相仿却已经蛋声文坛的 O 氏,名声在外却没正经的 E 氏,还有只在照片里见过的很多人,他们在我的眼前有说有笑。我像一个天外来客一样呆若木鸡地伫立在原地,望着眼前的景象。

颁奖仪式开始了,我跟在 Y 氏和 S 氏之后领了奖。

颁奖仪式结束后,我们三个人依然围在主桌旁边。Y 氏和 S 氏已经是知名作家了。

"在这种地方站着真不习惯。"Y 氏说道。S 氏报以苦笑。只有我一个人神情紧张地站在原地。在场的来宾没人注意我们这个主桌,大家三五成群地围着满是鲜花和酒杯的桌子攀谈起来。一个高挑的漂亮女服务员穿行其间。

"我把您引荐给各位先生吧。"

大约十分钟后,我跟随 T 先生,与作家前辈们一一见面寒暄。

"一定要态度谦恭。"

"拜托您。"

有人简单谈了对我的作品的感想,我只是恭敬地倾听。

一圈下来,当我回到原来的桌旁时,Y 氏和 S 氏已经不在了。我从桌旁后退一步,再次环顾会场。刚才在会场上走了一圈之后,我心里多少踏实了一些。这时,一位畅销书女作家正穿梭在桌子间,所到之处就会响起她的欢笑声。我回想起在书本和杂志上读到的她的经历和传闻。她的桌子在我的桌子前面,两桌之间隔着一张桌子。

从围着她哄笑的人群的缝隙里,我看见一张熟悉的面孔。那是一位身穿深灰色和服便装、身材瘦削的老人,满头银发自然地向左右分开，很有风度。刚才我在会场上四处转的时候，并没有遇到他，他肯定是刚到场不久。

"喝点儿什么？"

从别的桌回来的 T 先生拍了拍我的肩膀。

"嗯……"

"看你的样子肯定很能喝，放开尽情喝吧。"

我点点头，眼睛却一直跟着那位银发老人。

"那位老先生是谁呀？"我问身旁的 T 先生。

"哦，那位是 K 先生呀，您还没跟他寒暄过吗？"

"嗯。"

这下对上号了。我曾经在报纸杂志上不止一次见过他的照片。我曾想，等自己老了的时候，也能如此风度翩翩该多好。从看见他第一眼开始，我就觉得那人是 K 先生，只不过他本人比照片上更瘦一些。

"K 先生确实和你一样来自北海道。"

"应该是函馆。"

"我来介绍吧。"

我跟随 T 先生向他走去。

"不过……" T 先生迈出一步之后，转回身对我说，"听说 K 先生得了癌症。"

"哪个部位？"

"好像是食道。"

我借着明亮的光线，仔细观察了一下 K 先生。只见他右手拄着拐杖，支撑着消瘦的身体，站在离热闹的人群稍远的地方。

"先生。"T先生这一喊，K先生吃惊地回过头来。

"这位是此次获得同人杂志奖的……"

恰在此时，旁边桌上传来一阵爆笑，以致我竟没有听清T先生的后半句话说的是什么，大概是介绍我的姓名和北海道出身之类的内容。听T先生说完之后，K先生转身静静地打量我。我连忙上前一步，鞠了一躬。

"请您多关照。"

"我是K。"K先生说着，给我回了一个目礼。

寒暄过后，他再也没有对我说话。只是站在同乡兼著名老前辈的面前，我就感到浑身发热。我仿佛入定一般，一动不动地站在原地，期待着先生再跟我说两句话。

"你是北海道人？"K先生的声音低沉，还有些沙哑。

"札幌的。"

"一直住在那里吗？"

"是的，我是土生土长的北海道人。"

K先生慢慢地点点头。我的右边有四五位作家正在相互开着玩笑，先生和我则在桌边如父子一般相对而立。

"札幌变样了吧？"

"变化可大了。"

"是啊，过去那里荒寂得很。"

我乘机向他介绍，札幌如今已经高楼林立，完全变成了一座漂亮的都市，然而K先生对这些城市的发展似乎并未表现出多大兴趣。昔日绿树环绕、阡陌纵横的札幌的确令人魂牵梦萦。我想起K先生写的那篇《大和古寺风物志》。环顾四周，T先生已经不见踪影了。大概我和K先生开始聊起来之后，他就走开了。我察觉到自己是在单独跟K先生对谈之后反而紧张起来。K先生虽然有些消瘦，但仍然如我想象中那样仪表堂堂。我想，学识和修养最终会将人塑造得如此风度翩翩啊，就连慈祥和蔼的表情也犹如已经开悟的大佛一般。我看得如醉如痴。

"您是医生？"K先生问道。

"是的。"被先生突然一问，我不禁一阵脸红，急忙回答道。

K先生是如何知道我是医生的呢？也许是读了我的获奖作品联想出来的，不过，我想，在场的作家们未必每个人都读过我的小说，更何况K先生的身体又欠佳，大概是T先生在介绍我的时候提到了我的职业是医生。

"哪个科的？"

"外科。"

K先生连点了两三下头。

"做过很多手术吧？"

"嗯，经常做。"

对这样的一问一答，我觉得多少有些美中不足。当然，能见到K先生并与之谈话是令人高兴的，不过谈话的内容跟文学风马牛不相及，和介绍自己相比，我内心更想了解K先生的情况。其实我并没有读过多少K先生的作品，我对与佛教有关的作品本来就不怎么感兴趣，对那些谈论人生的作品一直敬而远之。我觉得自己现在还年轻,等到老了再读那些作品也不晚。我如此仰慕 K 先生,不光是因为亲眼见到了他本人,还因为他是从我的家乡走出来的文学泰斗,我觉得他简直就是一朵完美无瑕的名花。

片刻之后,K 先生陷入沉默。我环顾四周,想寻个究竟。我觉得,大概是因为我一直站在他跟前,K 先生想离开又不得脱身,万般无奈,只得想出些可有可无的话题随便问问我,此时我应该问候几句退下才是。待主意已定抬眼望去的时候,我才发现 K 先生正注视着我。

"我呀,最近食道有些不舒服。"

"是吗?"

我完全没有料到 K 先生会突然冒出这么一句。

"感觉这个地方像塞着个东西似的。"

K 先生用手指了指喉咙下端。他细弱的喉咙上有几条皱褶,三角形喉结明显突出,再往下可以清楚地看见皮肤之下突出来的膨起的圆形器官轮廓。

"一般来说,癌这东西让人觉得不太痛,对吧?"

看样子,K 先生已经知道自己患上癌症了。

"我问了很多人也没搞明白。"

"嗯,其特征之一就是不觉得疼痛。"

"我主要是感觉喉咙堵得慌,有时感觉火辣辣的。"

我用医生特有的眼神仔细打量着 K 先生。

"如果得了癌症,是不是要尽早手术呢?"

"最好的办法当然是尽早手术。"

"也有手术解决不了的问题吧？"

"那是因为病灶切除不彻底或者手术为时已晚。"

"手术之后情况良好的话，就不能算耽误了，是吧？"

"一般来说是这样……"

我毫无顾忌地从 K 先生的和服的领口处仔细观察起他的胸口。他凸起的锁骨下隐藏着的无疑就是露着肋骨的胸板。

"切除食道之后，用什么东西来代替它呢？"

"取小肠或十二指肠来代替食道。"

"有时候是要将食道全部摘除的，对吧？"

"那是在癌细胞大面积扩散的情况下，不过，在那种情况下可以用一根塑料的管状物从外部直接与胃相连。"

我的眼前浮现出这位老人的胸口插着白色塑料管的情景。

"做完手术却依然出现堵塞或食物倒流的情况是怎么回事？"

K 先生一个问题接一个问题地询问个不停。

"有时候食道的切断面和胃部的连接面会出现瘢痕，使之收缩变窄。"

"只要切掉癌变的部位，人就不会死吧？"

"最糟糕的是切除不彻底导致的复发。"

"手术的成功率是多少？"

K 先生的眼神一下子闪出锐利的光。像 K 先生这样的大家，在我这样的新人面前表现出如此谦虚认真的态度，真令我诚惶诚恐。

"手术之后能得救吗？"

这时候，我开始意识到自己和先生的身份逆转了。此刻的 K 先生既不是伟大的评论家,也不是一流的文人。在这位大家面前,我也不是畏首畏尾、初出茅庐的新人小说家。现在我是医生,而 K 先生只不过是一个在医生面前诚惶诚恐的患者而已。

"术后生存率顶多也就百分之十,而且这是术后五年的生存率。"

"百分之十?"

K 先生顿时面色苍白,鼻子和嘴唇都在微微颤动。只见他站在原地,睁大眼睛,接着如梦初醒般复述着同一句话。说不定 K 先生已经做过手术了。我后悔自己当着他本人的面口无遮拦地下了这番结论。我真是太轻率了。

"百分之十是个什么概念……"

说到这里,K 先生稍稍停顿了一下,接着说:"是平均值吗?"

"早期就做的话,疗效更好。"我满怀愧疚地做了补充。

K 先生苍白的脸微微恢复了些血色。

"近些年,治愈的人也越来越多了。"

K 先生听罢,用力地点点头。

"我也不十分清楚,医生说食道黏膜部分受损,还不能称为癌,所以就做了手术。好像没那么严重,还不是癌症,是癌前病变阶段。"

刚见到 K 先生时缩手缩脚的我,现在从另一个角度审视他了。对患者的身体状况和精神状态都能了如指掌,我开始体验到医生所特有的优越感。K 先生似乎根本没有意识到我内心的这些变化。

"他们说结果还好,没什么大事,只是做了一个手术,将阻塞的食道扩张了一下,然后就直接出院了。此后又用了放射疗法,用什么钴60,做了之后感觉好多了。"

听到这里,我欲言又止,抓过旁边桌子上的酒杯,将杯里的威士忌一饮而尽。嗓子里一阵热辣过后,我端详着K先生。K先生的脸上刚才的疑惑已经荡然无存,露出慈祥的微笑。肿瘤的恶性程度越高,放射治疗的效果也就越明显。肿瘤生长速度快,说明它是恶性的。我回忆起实习的时候学到的那些医生所应具备的基础知识。癌症的最佳治疗方法就是切除。所谓扩张阻塞的食道,是说没有切除肿瘤,只是将食道内壁上的赘生物清除掉了,还是说手术的时候发现已经为时已晚,肿瘤无法切除了呢?总之,我感到疑惑重重。癌前病变的表现也是极其微妙的,因此,最重要的是手术后进行持续的放射治疗。

"手术及时就是万幸。"

K先生看上去已经完全放心了,我把视线从K先生慈祥的笑脸上移开。我们的右邻是四五位四十多岁的作家,他们聚在那里有说有笑。

"这家伙太差劲儿了。"

"不是那么回事儿。刚才是对方先同意的。"

说到这里,他们又是一阵哄堂大笑。那位不久前发表过长篇小说的作家抱着双臂大笑不止。在他对面的是一位头发往后梳的女作家,她在与老作家窃窃私语之后朗声大笑起来。酒会至此达到了高潮。

"这些人简直就像得了怪病一样。"过了一会儿,K先生说道。

我们的话题与眼前豪华的酒会格格不入。我不知如何是好,想岔开这个话题。

"这段时间文坛上也是谈癌色变呀。"

K先生说话间脸上露出微笑。他此刻的表情和他出版作品全集时登在广告上的表情一模一样。

"要是能早日研究出治疗的药就好了。"K先生望着我说道。

"迫切需要研究治疗的新方法,这个问题的确令人头疼。"

跟我说这个问题,其实没有半点儿意义。在癌症面前,我和K先生一样无能为力。

"癌症到死都有意识吗?"

"有。"我低声回答道。

"癌症真可怕呀。烦人,真是烦人!"K先生说这话的时候像个撒娇的孩子。

"在癌前病变阶段做了手术的话,没必要过分担心。先生看上去气色也不错,根本没问题。"

其实我是在说谎,他看上去弱不禁风,站都站不稳。一个人不吃不喝,单纯觉得喉咙堵得慌,是不会这么虚弱的。即使被确诊为食管癌,也绝不只是食道上的问题,能导致全身衰弱的病跟普通的病是截然不同的,我一看就能猜出一二。

我很快就意识到,他顶多只能再活一年。K先生用手往后抚摸被梳得一丝不乱的白发。

"你是说没问题,对吗?"

对面那两个中年作家跟圆脸的女服务员搭着话。女人做出要打男人的姿势,右边的男人赶紧握住那女人的手。

"您还每天工作吗？"我有一搭没一搭地问道。

"稍微干一点儿。整天想着身上的病，根本没心思干。"

我掏出手帕擦着额头上的汗，接着又把小盘子里的火腿塞到口中。K先生用优雅的眼神望着我。

"你也要努力呀。"

我慌忙点头施礼。K先生先转动了一下手杖的方向，然后穿过桌子间的空隙，向出口走去。一位评论家跟他聊了起来。我手里端着酒杯，目送K先生离场时风度翩翩的背影。

"聊得挺投机啊。"我的背后传来了T先生的声音，"都聊了些什么？"

"没什么……"

我追寻着K先生的身影。

"难得一见呀，很少有人能和K先生聊这么长时间。"

"是吗？"

我依然沉浸在激动的情绪之中。此时酒会已近尾声，有的人已经喝得酩酊大醉了。

"待会儿去银座，你一定要来。"半个小时后散会的时候，T先生对我说。

我和I先生那帮人一起走出了会场，我一边走一边寻找T先生的身影。我下了电梯，在宾馆门前等车时，终于看到了他，我想他找我可能有事。

"K先生回去了吗？"上车的时候我悄悄地问T先生。

"他和你聊完不久就回家了。"T先生回答道。

接着,我去了银座,又接连在两家酒吧喝了酒,回S公司宿舍时,已经是午夜十二点多了。当夜,在舒适的暖气之中,我做了一个梦。在梦里,我看见K先生穿着一身灰色的丧服站在那里,当我走近他时,他解开丧服,露出插着白色软管的胸膛。

两天后,我回到札幌。千岁机场到札幌的路上已经飘起了粉末状的雪花。远远望去,月光下白雪覆盖的原野发出异样的光芒。

昏暗的车窗上映照出车内的光景,我这张兴奋而略显苍白的脸仿佛在大巴车的窗外。我就是以这副表情出席酒会的。我不禁回想起颁奖仪式上的情景,逐一回想起每个与我攀谈过的人,最后,我的脑海中浮现出K先生的容貌,他那细弱而突出的喉结深深地印在我的脑海之中。

"癌症真可怕呀。烦人,真是烦人!"K先生低声呻吟着对我说。

他说这话的时候,脑浆仿佛就要从血迹斑斑的创口里喷出来一般。

这样的台词,我曾听过不止一次。在大学的附属医院里,在这次出差的A市的农村医院里,我都听到过。K先生说的和他们说的都一样。五天前,我从S公司出发去会场的时候,心里七上八下的,我因即将见到著名作家们而感到紧张和兴奋,根本无法平静下来。五天前的那种亢奋,如今已经恍如隔世。

我对K先生的那种仰慕和憧憬也烟消云散了,相见成了一场空欢喜。遥不可及的K先生如今走下神坛,和我平起平坐了。K先生在我心中的形象也一落千丈。也许这就是K先生返璞归真的本来面目,可能我迄今为止的想法都是错误的。

我凝望着夜色中一望无际的白色雪原,不禁再次想象起 K 先生细弱的喉结里扩散着的癌细胞。

二

在札幌的老家度过了四天正月休假之后,第五天,我回到自己出差的那家医院。从札幌到 A 市,坐快车也要花一个半小时。

两天前就开始下的这场雪,在我抵达 A 市的那天,更是从早到晚下了整整一天。A 市位于山的夹缝之中,像这样的暴雪一个冬天会遭遇两次。

在我休假期间,病房里住进了两名陌生的患者。一个是十一岁的女孩儿,她正月里在路上滑冰摔倒后被卡车压伤,造成右小腿骨折,小腿中部骨折的碎片从皮肤下方凸了起来。另一位患者是 A 市南部十公里外那个战后开拓区来的小学校长。护士已经给他们换上了崭新的姓名牌,女孩儿的名字叫松本绢子,男患者的名字叫宇井晋作。

宇井虽然长得人高马大,但他身体前倾佝偻、行动困难。看起来比五十九岁老得多。他脸色蜡黄、胡子拉碴,越发显得病态十足。正月初三,院长诊察之后决定让他马上住院。

宇井住的病房是二楼西侧的二○三房间。

这间病房是个三人间,因为是老楼,所以没有通暖气,这栋楼原定夏天就要拆掉的,现在窗框朽烂、油漆脱落。屋子正中央安放着一台半冷不热的老式烤火炉。

我第一次去查房的时候,宇井正倚着床头叠起来的被子看报纸。他隔着眼镜看清我之后,慌忙摘下老花镜,把报纸叠好放到床头柜上。

"这位患者是新来的。"护士取出病历的同时向我报告。

宇井吩咐给他陪床的老伴儿把他身子底下的被子撤掉。他的病历上画了一幅腹部的简图,胃部中间画着一条斜线,旁边写着院长独特的连笔字:原发,触知肿瘤大小如拳。在诊断栏里写着胃癌的英文缩写:GC。

"保持原样就可以。"

他那身材矮小的老伴儿正要把那条几乎可以将她遮盖起来的被子从宇井的身子底下抽出来,被我制止了。

"不,赶紧抽掉!"

宇井看上去是那种任何事都不将就的人,而此刻他越发不依不饶,当着外人的面,呵斥自己的老婆,他自己挺起腰,使劲儿把垫在背后叠着的被子往外拽。床铺整理完,宇井迅速仰卧躺好。他穿着一身在矿区患者中难得一见的瘦小睡衣。躺下之后,宇井自己麻利地撩起衣服、露出前胸和肚脐让我看。胸内科的诊察由院长负责,我只问了"发不发烧""有无食欲"之类的一些例行查房时常问的问题。可是,宇井却在撩着睡衣等着我给他触诊。我过意不去,用手掌摸了摸宇井的腹部。看来他已经不止一次接受诊察了。只见他二话不说,摆好姿势,曲起两膝,放松腹压,双眼紧闭,大口吸气,然后随着我慢慢触及他的下腹徐徐吐着气。没错,我触及了院长图示部位的肿瘤。我的指尖沿着肿瘤的外缘摸下去,果真感觉到它有拳头般大小。实习的时候,我曾经学过用万能笔标出肿瘤的轮廓。我断定自己触及的硬物肯定是癌症肿瘤。

"大夫,怎么样?"我一停手,宇井就迫不及待地问道。

我把视线移向体温计。他的体温正常,脉搏每分钟七十次上下。记录显示,排便两天一次,排尿一天六次。从体温记录上看,他完全不像个病人。

"从什么时候开始感觉不舒服的?"我没有回答宇井的问话,反而问起了无关痛痒的问题。

"也说不上什么地方不舒服呀。只是从去年秋天开始有些消化不良、没有食欲,大概是长期缺乏运动的缘故吧。"说着,宇井用下巴指了指站在窗边的老伴儿。

"这个老太婆唠唠叨叨地说我瘦了,让我去看医生,于是我就去了南部的诊所,结果人家叮嘱说,别大意,过完年赶紧找井口先生看看吧。"

我点点头。看来南部诊所的医生也怀疑他得了癌症。

"那种钡餐可难喝啦。有生以来,除了感冒,我还没看过医生呢,不过我还是来了。"

虽然没有见到他的钡餐图像,但我可以肯定上面显示胃部存在着相当大的阴影缺损。

"身体倒是不痛不痒的,只是人有点儿消瘦,所以引起了周围人的担心。"

这不就是胃癌的特征吗?宇井对此一无所知。听着宇井底气十足的声音,我心想,他不过是我掌中所获的猎物而已。没及时发现癌症的患者,最终也在劫难逃,宇井现在还蒙在鼓里。

宇井的病床边还有一扇窗户,窗户上挂满雪痕。连下三天的大雪到今天清晨终于停了,朝阳透过窗框上的雪痕照进来。我呆呆地望着窗户上正在融化的雪痕。

"大夫,怎么样呀?"

"不仔细检查不能下结论。你的病情……请仔细问问院长吧。"

我打算赶紧离开。看样子没有人把他得了胃癌的事告诉他。被捕获的动物只是在观察周围的情况,完全没有意识到将要降临的大灾难。

"二十日第三学期就要开始了,这种时候,我怎么能休息呢?"

他的老伴儿望着我,想探问个究竟。她一直站在床边,惶恐不安地听着。她的确老实贤惠。看样子,他的老伴儿也没有意识到宇井得了癌症。夫妻双方只要有一方得知患上癌症的事,另一方很快就会有感应。老夫老妻更是如此,夫妻之间就是如此亲密无间。如果医生告诉患者的妻子其丈夫得了癌症,丈夫本人很快就知道了,这种例子我听过不止一次。看上去,这位不善言辞、唯唯诺诺的老妇人,只要宇井一声呵斥,就会道出实情。

"这次要取消混合班级,全部实行单一班级。另外,还要解决明年文部省预算的问题。"

南部距 A 市十公里,我曾经去过一次。那是一块面积不大的平原,位于穿过山谷的河流上游,去的路很狭窄,窄到无法会车。每隔两三个村镇,道路旁就会专设一块空地用于会车。

取消混合班级刚开始不久,宇井自己内心多少有些不甘。现在他的肿瘤从外部都能明显地触摸到了,说明发现得太晚了,他顶多只有一年的寿命了,不管怎么说,回到学校工作肯定是不可能了。想到这里,我不禁又回忆起一个月前自己对 K 先生作出的类似的预测。

我对宇井的感觉,跟当时对 K 先生的感觉几乎相同。说来也巧,他俩的死期相近,想到这里,我顿时感到不寒而栗。

"四月就能出院了吧?"

"治疗顺利的话……"

听了我的回答,宇井信以为真,连连点头。

下午,我和院长给那位腿部骨折的少女做了手术。

井口外科医院有近一百张床位,作为私人外科医院,它在这一地区是规模最大的。我被大学医院派到这里出差,为期半年。院长五十岁出头,以前在当地的市立医院干过很多年。他的专业是外科,涉及胃肠的腹部外科。我学的是整形外科,四肢的骨折手术都交给了我,他担任我的助手。由于提前打了麻药,那名少女已经处于迷糊状态,下半身毫无知觉,躺在手术台上。她的右侧小腿的胫骨和腓骨从中间断裂了,胫骨的骨折呈楔形,长度有三厘米。我先将骨头复位,然后两端用钢钉固定。

"千万别变成瘸子。"

"不会的。"

"要多长时间才能下地走路呢?"

"得等上两个月。"

少女听罢点点头。

把她的伤处打开一看才知道，骨折的程度比原先看到的 X 光片上呈现的要复杂得多，至少要三个月才能恢复，不过，那样也赶得上新学年开学。我心想，等她醒来，我得向这位聪明伶俐的少女补充说明并道歉。

手术结束之后，院长把我叫到门诊部。他把三张宇井晋作的 X 光片插在我面前的灯箱里。钡餐 X 光片显示的正是胃底部的大弯处，有个拳头大小的阴影缺失。便血检测也显示潜血反应呈阳性。如果肿瘤生长的部位在贲门和幽门等胃部的入口和出口之类狭窄的地方，症状肯定早就显现出来了。肿瘤迟迟没被发现，就是因为肿瘤长在了胃底部最宽的地方。宇井的饭量有些减少，但目前吃饭正常。

"触摸到了？"

"我也摸得很清楚。"

据说有经验的大夫只要轻轻一摸患部就能判断出病况来，不过就胃癌来说，从外部就能明显触摸到的病例并不多见。宇井晋作的症状就连我这样缺少触诊经验的外行也摸出来了。

"我想先给他做手术。"

"现在？"我觉得在这种情况下，胃部肿瘤长到这么大，即使马上做手术，也为时已晚。一般来讲，癌细胞不会只存在于胃部，而是已经通过周围的淋巴侵蚀到了其他器官。

"已经转移了吗？"

"我想只能尽力而为了。"

院长明知道为时已晚却说要做手术。即使做手术,只要那些癌细胞扩散的部位没被清除得一干二净,手术就只能使患者的身体彻底崩溃。目前患者已经开始出现恶病质倾向,院长还要坚持手术究竟是为什么呢?眼下我们能做的,就是将患者尽快送到大医院进行放射治疗,以此来延长患者的生命,除此之外别无良方。

院长的心思我难以理解。

"不行的话,随时停下。"院长见我犹豫不决,说了这句妥协的话。

我是无论如何也不能反对的。无论外部观察的结果如何,也没有百分之百的证据能断定宇井晋作腹内的肿块就是恶性肿瘤,而且还是晚期。院长是我的前辈,更关键的是,眼下我只是受雇于他的一名医生。

院长既是腹部外科专家,又是医院负责人,他怎么说就怎么办,我没有资格质疑。

"下周找时间做手术。"

我能做院长的助手已经足够了。

"我明白。"

无论如何,宇井也活不过一年,于是,我便装作若无其事的样子一口答应。

三

确定要做手术之后，宇井晋作在床上读书的时间多了起来。床边的那个搁板上，摆着他换洗的衣服和探视者送来的水果，还有杂志和两三本文学书。从走廊上常能窥见宇井戴着老花镜读书、老伴儿坐在一旁打盹儿的情景。看上去，得了病之后的宇井和他的老伴儿两人依旧是那么安然平静。

"手术需要多长时间呢？"手术的前一天查房的时候，宇井这样问我。

"一个小时左右就能结束。"

"不会一睡不醒吧？"

宇井完全没了底气。他胳膊上插着的点滴输液管伸得长长的。

"不必担心。"

全身麻醉是最安全的方法，因为会完全失去意识，宇井还是心有余悸。

"胃溃疡的地方是什么样子？"

宇井照着院长的解释，依然深信自己患的是胃溃疡。

"黏膜溃烂发黑。"

"只要切除就没事了吧？"

面对刨根问底的宇井，我一时也想不出更好的回答。

"不必担心。"我像是在劝告自己一样又强调了一遍。

"我花了两天读完了这本书。"宇井拿过枕边的那本书给我看。那是 K 先生写的，我无意拿过来看，"到了这把年纪，已经没有心思去认真琢磨何谓人生了。"

一旁的护士见宇井跟我攀谈起来，显得有些不快。宇井一打开话匣子，最短也得唠叨五六分钟。宇井已经来日无多，我也不忍心冷冷地拂袖而去。

"我从中受益匪浅，作者真是了不起。"

我装模作样地翻了翻那本书。

"大夫喜欢这个人写的书吗？"

"读得不多。"

我的回答并非实事求是。最近一段时间，我正在读K先生每月在B杂志上连载的文章。那是一部写日本人精神史的大作，从上古时代写起，洋洋洒洒一路写来，二月号也连载了。我见到他的时候是十二月初，大概是那个时候写的。我相信，这篇连载在不久的将来肯定会中断。

"这本书写得很好，请您一定要读一读。"

"好在哪里？"我认真地问道。

"很有知性，作者观察事物非常冷静。"

听了宇井的这番话，我的头脑一下子冷静下来。在遇到K先生之前，我也是这样想的，但是现在我的想法略有改变。

"必须把这些内容教给学生。"

我这才想起来，宇井是小学校长。

书的第二页是K先生的头像，他看上去比前些日子见面时稍微胖一点儿。

"烦人，真是烦人！"

我回想起 K 先生低沉沙哑的声音。我贴近照片仔细观察他的喉部，并没有发现什么异常。我又翻过书，上面写着昭和三十五年出版。我略感安心，那是他健康时拍的照片。

四

二月初，出人意料的春意扑面而来，白天不生炉子也能过得去。南风劲吹，晚上下起了雨。雨水浸入雪中，厚厚的积雪表面变成了砂糖的样子。

报纸上说，札幌冰雪节的雪景被暖风吹化了。

与季节不符的春意来临的第二天下午，即二月十日下午，是宇井晋作的手术时间。

手术前测体重，他只有五十八千克。他一向健壮，去年十月在学校测体重的时候是七十千克，短短两个月，他的身体明显衰弱了。

宇井躺在无影灯下，露出肋骨浮起的胸部和微微隆起的泛黄的腹部。三十分钟之前，他被实施麻醉，现在处于昏睡状态。院长将手术刀的刀背在要切开部位的皮肤上轻轻划过，然后对我行了个目礼，说了声"开始吧"。这是他的习惯。他用刀从胸骨的下缘一直划，绕开肚脐向右划出一个半圆，又一口气下划了十五厘米，刀口一直抵达腹部中央。他先用止血钳夹住皮下的血管，再将皮肤连同肌肉左右分开。瘦弱的宇井腹部几乎没有什么脂肪。剥开薄薄的黑红色肌肉，下面很快就露出了黄白色的腹膜。院长和我从左右两边用镊子揪起腹膜，使其呈帐篷状，然后用刀尖切开了一个口子，以切口为中心,用直手术剪打开腹膜,这才露出内脏。切开十五厘米,腹腔内的情况便一目了然了。院长戴着乳胶手套,将手伸进其腹中,把覆盖在肠子表面的大网膜和小肠向上方掀起,正下方的中间位置横卧着的像布袋一样的沉甸甸的器官就是胃。

在胃大弯部位,也就是从左向右倾斜着的胃底部,有一个红黑色的肿瘤。与透视时的推测相符,肿瘤占据了大弯部,把原来胃的容量挤占得只剩下了原先的一半大小。

院长把肿瘤部分托起,和下面横行的结肠粘连着的胃也翻不动。向周边呈放射状扩展的肠系膜的淋巴上,也长满了小指头肚儿大小的肿瘤。肿瘤已经不只在胃部,还侵蚀了肠子和淋巴。还能看到呈伞状覆盖在胃部斜上方的肝脏,用肠刮刀剥开大网膜便可窥见里面的情况。茶褐色泛着皮革样光泽的肝脏表面可以看见两个乳黄色的肿瘤,癌症还转移到了肾脏。

院长收起了探寻的手,用眼神示意我用手触摸。我把右手悄悄伸进了肠胃之间。

我感觉肿瘤就是一个硬块,比起从外面触摸感觉更大一圈。触摸了一会儿,胃里的温度就透过乳胶手套传到了我的手掌上。

五十九岁的宇井晋作的生命,即将被这个拳头大小的东西夺去,真让人感到不可思议。我不知道肿瘤是从什么时候起住进了他的身体的这个部位,他也不可能明白自己被癌症夺去生命的理由。我费了好大的劲儿才抑制住想狠心拽下手掌中这块圆形肿瘤的念头。宇井晋作一直昏迷着,全然不知道我们的操作。这种情况显然是来不及了,仅仅切除胃部的话,已经扩散到肝脏和肠子上的癌细胞依然无法收拾，手术已经毫无意义。

"怎么办？"我的手松开那块肿瘤的时候，院长问道。

事到如今，进行整胃切除的大手术，也只会使他的身体崩溃，加速其死亡。既然开腹亲眼确认了癌症肆虐的情况，也只能干脆死心断念打退堂鼓。从一开始，这场手术就毫无意义。这件事院长心知肚明，根本用不着问我。对院长强行开腹的决定心存抵触还充当助手的我只能保持沉默。

"缝合吧。"见我没有回答，院长说道。

我没有异议。

我们将肠子放回原位，盖上大网膜，贴好腹膜，然后又将上面的肌肉层和皮肤缝合。现在完全是按照原来的顺序恢复原样。缝合结束的时候，手术室里的时钟显示是两点半，仅用了三十分钟，手术就做完了。护士们面对匆匆结束的手术都目瞪口呆。遇上巨大的肿瘤只能拱手告退，我的心情轻松了许多。这场战斗，与其说是大败而归，不如说是明知山有虎，偏向虎山行。且不说打退堂鼓，我在手术前的预测完全正确，这一点就让我感到满足。

我们根本没有忙到出汗，只是开腹以后看了腹内的情况，又缝合起来了，这和单纯的皮肤切开又缝合的操作没什么两样。这点儿活儿根本就不会出汗，但我还是洗了个澡。做完手术洗个澡是我多年的习惯。我在澡盆里仔仔细细地清洗了刚才触摸过宇井晋作胃部肿瘤的右手掌。

当天下午四点半，躺在二〇三病房病床上的宇井晋作苏醒过来。从三个半小时的麻醉中苏醒过来的他打量着周围，确认自己还活着。他的右腕上插着点滴用的输液管。原先准备好的六百毫升血浆没有派上用场，手术中的出血量不到一百毫升。

五点钟，院长来到病房。我洗完澡之后，读了一会儿已经读了一半的杂志，又看了两个门诊病号，一个是被门挤伤手的孩子，另一个是位麻疹病人。快五点的时候，我才回到自己的房间。

吃过晚饭，我去了书店，新出的 B 杂志摆在店里。我拿起来看了看目录，K 先生的连载没有了。我慌忙再次查看 B 杂志的封面，确认是 B 杂志之后，又仔细看了一遍目录，仍然未见 K 先生的名字。

连载是中止了，还是完结了？

我回想起 B 杂志的二月号，那一期上的确登着 K 先生的名字。连载进行到室町时代末期的《直面乱世》便中止了。

五

两天后的早上，我见到了做完手术恢复了意识的宇井晋作。

宇井的刀口预计还需要一周时间才能拆线，我只换了换贴在创面上的渗着少许血水的纱布。我用消毒液将纱布浸润后取下的瞬间，宇井的表情显得有些痛苦。

"怎么样？"

"比想象的要好得多，只是一笑就痛。"宇井说着笑起来。

他的枕边叠着一摞报纸。

"我可以看书吧？"

我同意了，但他只能躺着看书。

"我原来以为切胃是个很大的手术。"宇井用手抚了抚稀疏的头发说道。

"粥已经送来了，我可以喝点儿吗？"

我一时支支吾吾，不知如何回答是好，只好绕圈子。

一般来讲，胃部手术之后至少要禁食一周，才能慢慢进食。没错，手术之后，护士问过我宇井如何进食的事。

"这几天是怎么吃的？"

"从三天前就开始喝粥了。"

"那就继续喝好了。"

肠胃的内部都没有动，当然可以喝，我的想法很单纯。我的判断在医学上是正确的，但忽视了患者的感受。

"没想到这么快就能吃饭了。"宇井高兴得像个孩子，"比当时切除阑尾都省事。"

这还用说，宇井接受的手术只是将腹部的肚皮切开又缝上，跟割了一道口子一样。

医院的患者多是些粗鲁野蛮的矿工和农民，相比之下，宇井晋作天天手不释卷，显得格外醒目。一般喜欢读书的人住院的时候，顶多读些轻松快活的周刊杂志，或爱不释手的历史小说，和宇井迥然相异。除了《初等和中等教育的方法》之类的业务书籍之外，他还读起了《日本文学全集》。因为这个缘故，在宇井床头的搁板上，他手术之前堆的书越来越多,旁边摞着的周刊杂志里,还能看到夹杂其中的当红作家的纯文学新著。宇井戴着老花镜逐字逐句慢慢地读这些书。

近些日子,我对医院也越来越熟悉,院长每周只查房两次。于是我每天都能见到宇井。大概他从护士那里听说了我写小说的事,每次我去的时候,他就跟我谈文学。读了哪些书啦,某人的作品如何啦,说的都是些不得要领的话。他年轻的时候酷爱文学,涉猎也相当广泛。我对宇井的看法点头称是,不禁也浏览起书架里 K 先生的著作。

"今天可以拆线了吧?"第七天早上,宇井见到我劈头就问。

看得出,他早就盼望着这一天了。见我点了头,他就迫不及待地掀开被子,自己解起了腹带。护士想上去帮忙,被他拒绝了。他就是这种凡事必须亲力亲为的人。

用碘酒棉球消过毒之后,我用小镊子捏起线头,用剪刀一下一下地剪断。拆完线,只见泛黄的肚皮中央纵向的刀口上,留下了近三十个横向交叉的针脚痕迹。

"谢谢。"

拆完线,宇井躺在床上抬起头行了一礼。

"感觉怎么样?"

"托您的福,现在好多了,能痛痛快快地吃东西,饭也香了。早治疗就好了。"

刹那间,我看了一眼宇井,只见他那褐色的小眼睛正在笑着。

"手术以后，喉咙也不堵得慌了，饭量也增大了。今天也喝了两碗粥。"

我简直无法理解宇井的这番话。即使手术切除了肿瘤，其余部位的肿瘤依然存在。此刻，宇井消瘦的脸在初夏的阳光下，显得神采奕奕。

"老太婆，你把那个记录本拿给大夫看看。"

听到宇井的吩咐，他的老伴儿赶紧从床头柜的抽屉里取出了那个医院发的笔记本。

四月十七日，早，粥一杯，汤一杯半，咖喱少许，梅干半块。面包一片，面条加汤三分之一碗，苹果半个，牛奶半杯，新鲜草莓十个……那个记录本里认真地记录着手术以来的进食情况，就像学校老师的工作笔记一样一丝不苟。

"大夫，我想吃寿司，行吗？"宇井突然问了一句，"我想吃大虾和鲍鱼了。"

宇井手术前可以吃的东西，手术后当然没有禁忌。手术前除了特别难消化的食物以外，宇井什么都吃。何况现在他是一位来日无多的患者，我更没有理由限制他的饮食。

"通气了吗？"

"昨天就开始放屁了。"

"没吐吗？"

"只吐过两三次。"

问过这两三句，我决定答应他的请求。这一番问答及思考都是表示同意之前做做样子罢了。

"反正也吃不了太多,顶多也就四五个。"

"可以呀。"话一出口,我又犹豫了。此前院长也许已经强调过饮食的注意事项。此刻宇井认真的神态中充满对这次获准的期待,也许院长已经吩咐过手术后可以进食。我必须和院长统一口径,绝对不能让宇井从这些琐事上看出我和院长之间已经达成的默契。

"下周再开始吃吧。这周先忍耐一下。"

我脱口而出的回答模棱两可。到下周还有三天,这期间我可以和院长统一口径。再说,忍耐三天也不算太苛刻。

"明白了。下周,我就吃最新鲜的。"

宇井眯起眼,仿佛在回味自己刚吃过的美味一般。我把视线从宇井的脸上移开。我还要装模作样地欺骗宇井多少回呢?到底还要欺骗到什么时候呢?听了宇井的话,我觉得五味杂陈,心情越发沉重。

"谢谢您。"

他的老伴儿低头鞠躬。我和宇井谈话时,她一直默默不语,没插半句话。在我转身准备离去时,她才低声道了句谢。

第二天午饭时,我借着和院长独处的机会询问起宇井的情况。手术后,院长是如何向宇井解释的,我全然不知。

"手术之后,您是怎样向宇井说明的呢?"我一面动着筷子,一面装作忽然想起的样子问道。

"那个呀,我说是胃溃疡,只切除了病变最严重的那部分,还有多处病变,无法全部切除。那么,你就对他说,切除了一部分,没法全部切除。"

"进食怎么安排？"

院长吃完饭，喝着茶，思考了片刻。

"是啊，不宜让他太早正常进食。"

"昨天他提出想吃寿司，我答复他下周就可以吃了。"

部分胃切除手术后如此进食的确为时过早。

"是不是有点儿早呀？"

院长一时也没想出更好的办法。

这时，事务长敲门进来，我们就停止了这个话题。

事务长是来询问病名和保险归类的。医院最忙的时候，就是月底申报保险单据的时候。

六

四月初，我回了一趟札幌。上个月底，医务处来电话说，出差期限要再延长半年。接电话的时候，我嘴里勉勉强强答应了，心里却觉得无所谓。

那天晚上，我和三个月没见面的文学朋友们见了面，得知这次的同人杂志截稿时间是五月底，看样子我是说什么也赶不上了。

札幌大街上的雪已经融化了，和朋友一起喝酒的那家酒馆的小胡同儿和屋檐下的冰还没有化。我穿着外套，札幌的伙伴们都只穿着夹克或者西装搭着围巾。酒过三巡，我们遇上了 S 氏。他是札幌最老的同人杂志的掌门人，也是将于秋天举办的北海道文学展的发起人。他才四十岁，前额就秃了，再配上圆圆的脸，颇有大师风范。我们和他们合二为一，来了个"添酒回灯重开宴"。

"一周前，我在东京和大家商量文学展的时候，见到了 I 先生和 K 先生。"

S 氏喝着酒，声音越来越大，慷慨激昂，底气十足。

"I 先生是个大忙人，马不停蹄地到处兼职，令人钦佩呀。"

我获得 S 社大奖的时候，I 先生是我的推荐人。

"一开始，我也以为他是个不苟言笑的人，可他谈起话来却妙语连珠，非常幽默。"

"人不可貌相呀。"

"不，他总是装傻，总是问这问那的，其实聪明得很。"

S 氏喝酒时，还是习惯频频挥动着右手讲个不停。

"那位 K 先生怎么样？"

和 S 氏聊天的我，其实是想借机询问 K 先生的情况。

"你问这个干什么？"

"听说 K 先生身体欠佳。"

"他最近的确没精神。"S 氏漫不经心地回答道。

"他没说自己病了？"

"没说。"

我听了略感沮丧。

"他真的精神十足吗？"

"他还说想去北海道呢。"

我估计，他顶多也就能活一年。尽管如此，他还有心到北海道旅游,真是太悠然了。难道是我估计错了吗?不过,说不定这是严于律己的 K 先生为了不给别人添麻烦,才刻意不告诉别人的。这不是自己惴惴不安而又故意隐瞒吗?他和 S 氏初次见面,大概是不愿向别人倾诉苦恼。我按照自己的猜测,寻找着合适的解释。

不过,我和他也是初次见面。K 先生不仅和我谈文学,还东一句西一句地询问起北海道的事,当然聊天的内容大半是他的病情。大概是因为 K 先生知道我是医生才这样吧。话虽如此,根据 S 氏的介绍,他不是安然无恙吗?我被弄得一头雾水。我深信 K 先生安然无恙,他的身体没再继续衰弱,这真让人感到不可思议。

"他说要来北海道吗?"

"说起来,他是有点儿消瘦,说起话来也有气无力。"

"原来是这样。"我如释重负,随声附和着点点头。

"听他说,他今年年初住过院。"

"是吗?在哪家医院住院?"这件事我还是头一次听说。

"不知道他在哪家医院住院,我只听说他住了两个月的院。"

"两个月?"

我更糊涂了。治疗癌症只住了两个月的院,这简直不可思议。要是住院治疗的话,只住两个月是根本不可能的。不会是反复住院接受放疗吧?放疗就是用放射线在短时间内杀灭癌细胞,使肿瘤缩小。如果这次是接受放疗的话,那肯定是第二次。反复接受放疗,疗效就会降低,难以控制病情发展。

"现在他还工作吗?"

"他好像在给 B 杂志写连载,不过搜集素材也够他受的。"

这是真的吗？别说搜集素材，要是身体垮了，他再开连载的计划恐怕也要泡汤了，这十有八九将不幸被我言中吧？那篇连载是不会再开了。我对自己的判断深信不疑。看样子，S氏对事态的严重性毫无察觉。

"K先生得的是癌症吧？"

"癌症？"

S氏欲饮又止，放下酒杯，探过身子来。

"他自己没说吗？"

"没有。他只是说想早日恢复原来的状态继续工作。"

现在我见到K先生的话，K先生肯定会问我些什么吧。

"你说，癌症真的治不好吗？"

"得了这种病真的就束手无策了吗？"

也许K先生会用咄咄逼人的眼神盯着我。那双柔和的眼睛里绝对看不出丝毫病人特有的那种绝望。我不禁又忆起K先生那种近在咫尺的火辣辣的眼神。

我对K先生的看法和S氏截然不同，孰对孰错尚无法定论。但是，那时候我自认为已经揣摩到了K先生的心思，虽无确证，但是窥见了。无论S氏怎么说，我都不会放弃自己的那种感觉。

七

四月初，松本绢子出院了。她的腿骨折正好三个月了。出院两周前，她拆除了石膏，开始行走训练，到了出院那天，她已经能够自己下楼梯、自己上车了。她脱下了在病房里一直穿着的荷叶边睡袍，换上了条纹连衣裙，好像从少女一下子变成了大人。

出院的时候，绢子跟着母亲来向我道别。

"打在腿骨上的钉子暑假的时候就可以拔掉了吧？大夫，那个时候您还在这里吗？"少女问道。

"为什么问这个？"

"我一定要您来做。"

我苦笑着朝她点了点头。

"记住，溜冰一定要到溜冰场去啊。"

"大夫，您真坏，我知道啦。"

少女的一颦一笑都饱含着女人的味道。

"和我一起住进来的那位大叔还不能出院吗？"

少女对和自己同日入院的宇井的病情好像格外关注。

"他还要稍等等。"

"真可怜，他在这里肯定无聊死了。"

少女经常在走廊上碰到宇井。她对手臂搭在老伴儿肩上去上厕所的宇井十分同情，同时也因为自己比他先出院而感到满足。

"下次我再来看望他吧。希望他那时也可以出院了。"

我担心少女察觉到宇井得的是不治之症。我深刻意识到，生命的兴衰在少女的身上和宇井的身上体现得淋漓尽致。

上午查房的时候，我见到了宇井，我心中愈加痛苦。宇井越来越衰弱。看样子，三月到四月间，癌细胞在宇井的体内迅速扩散，侵蚀着他的肌体。我给他服用了颇具疗效的抗癌药，还在其中混入了食欲增进剂。但是到了这个地步,根本无法控制肿瘤的生长,宇井每日摄入的那点儿营养,抵抗不了肿瘤的凶猛侵袭。

比起与他同龄的院长,宇井似乎更愿意与我沟通。早上一见到我,他就会逐一汇报从昨晚到现在的病情,从大小便的次数到吃饭,从体温到呕吐,从眩晕的感觉到读过的书,事无巨细,娓娓道来。

"见了什么都想吃,可一到嘴里,顶多也只是吃上那么两三口。"宇井像往常一样坐在床上认真地对我说,"就想吃点儿清淡的。"

我只能耐着性子听他诉说。身为听者,面对一个来日无多的患者,只能尽这种良心的义务。

"切了胃之后,喜欢的口味也变了。"

宇井的感受正好可以解释为,患者到了癌症晚期表现出的对食物的偏好。

"想吃什么尽情吃就行,别介意。"

宇井深陷的眼睛里闪着光。

"说出来您别笑我,我就是想吃干海带,小时候在海边经常吃。"

宇井出生在日高市的样似町,那里靠近襟裳岬。据说,直到现在,那一带的沿岸齐膝深的海里都能用手逮到海参和海胆。

"日高的海带和根室的海带不一样,又软又香非常好吃。到夏天开海的时候,我一定要让他们送些来。"

我在想,一个行将就木的人竟然还会如此怀念自己的故乡和故乡的美味。

"海带可是做汤底的好食材呀。"

单身的我对这些并不感兴趣。

"治好了病，我陪您去趟样似町。我老家的哥哥都健朗着呢。那里风景宜人，将来会成为国家公园。请您一定要去看看。"

"我一定去看看。"我一边看着宇井晋作的病历，一边回答他。

体重每周测称一次，他已经从术前的五十八千克瘦到了四十九千克。

"大海可是非常壮观的呀。"一谈起样似町，宇井就特别有精神。

我觉得，眼前的宇井就像只可怜的动物。宇井和我的这个约定只不过是他不切实际的一厢情愿而已，根本无法实现。我们已经回天乏术，他却浑然不知，还在说这些憧憬美好的话。我知道宇井大限将近，也可以说，我知道宇井的底牌。眼下这个阶段，我只能以医生的身份目睹他一步步走向死亡。

"您该睡会儿了。"

宇井乖乖地听从了我的意见。

八

六月中旬，气温突然升高，宛若盛夏来临。从早上太阳升起的那一刻起，就已经决定了酷热将持续一整天。从二楼宇井所在病房的窗口向外望去，映入眼帘的是一片铁皮屋顶，屋顶在阳光的映照下反射出刺眼的光芒。

宇井晋作的身体仿佛被这种酷热晒蔫了一样，每况愈下。五月到六月，他的体重减了五千克，肌肉松脱，骨瘦如柴，看上去就像大楼只剩下钢筋一般。消瘦的面颊长满了白色的胡茬，脚背和手背浮出了青色的静脉。先前我来查房的时候,他都会坐起来,但自从天热起来之后,他就起不来只是躺着了。他只同意在床上洗脸,排便还是强撑着走到厕所去。身高五尺八寸的宇井将身体倚靠在身高不足五尺一寸且驼着背的老伴儿的肩膀上,在走廊上一步一步挪动着。他曾经有两次在厕所里蹲下的时候因头晕而当场倒地。原来喜欢的书也几乎不读了。大厚本的书只能并排摆在那里,看上去十分孤独。一天一份的报纸已经足够他读的了。而且,宇井以前总是一本书反复读好几遍,读完之后放在枕边或床头柜上,想读的时候信手拿来,以前查房的时候,我曾在他的枕边见过 K 先生的著作。

"怎么样?"

面对我老生常谈的问话,他只回答了句"是",接着就不言语了。

"能吃吗?"

他点点头,但实际上他几乎没了食欲。以前,他一天的饮食,在医院发的记录本上几乎要写满一页,现在只有寥寥两三行,其余全是空白。

一周前,宇井的眼白开始泛黄,可以判断,他的癌细胞已经转移到了肝脏并扩散到了胆道,引起了黄疸。

"想吃点儿什么就吃点儿什么吧。"

宇井把自己的手架在额头上遮挡着阳光。可以看到,他的手已经骨瘦如柴,只剩下爆出的青色血管。

"想吃是想吃,可没吃几口就吐出来了。"老伴儿替宇井回答道。

宇井有气无力,两眼直勾勾地望着天空,默不作声地听着老伴儿说话。

"熬过这个夏天就好了。"

熬过这个夏天真的就好了吗？我心里根本没底。如果他真能熬过这个夏天，那时我也早已回大学医院而不用目睹宇井的死亡了。

宇井在床上默默地点点头。我真不忍心睁着眼说瞎话来欺骗洗耳恭听的宇井。此时此刻，我心里烦透了，真的不想再当医生了。将来到了地狱，化作阎王小鬼的宇井也不会放过我吧？我一边望着满脸死相的宇井，一边想着那些孩子般的天真幻想。

我的房间在医院二楼。房间位于走廊尽头的右侧，对面并排的是接待室和院长室。病房在走廊拐弯的另一边，很少有病号来我的房间。

到了傍晚，我穿着拖鞋来到了两条街外的那家书店。从下午开始，天空阴云密布，闷热难耐。从小路走到大路的时候，突然传来了一个年轻姑娘的喊声："大夫！"我定睛一看，原来是两个月前出院的松本绢子。只见她上身穿着一件红色水珠花纹的运动衫，下身穿着一条白色长裤。等我停住脚步，她抛下同行的朋友朝我跑来。她跑起来右腿依然有些不正常。

"腿恢复了？"

"还有点儿痛。"

只见姑娘的右手提着一个小提琴盒子。

"还是打石膏时留下的毛病，走路时要注意呀。"

"大夫，里面的钉子一定得拔出来呀。"

看来姑娘对这件事相当关心。

"不是说好暑假的时候拔吗？"

"还要开新刀口吗？"

"在原来的创口上，划开很小一点儿就可以。"

"那就好。千万别留下更大的口子，难看死了。"

姑娘夏天还穿着长裤原来是因为这个。出院两个月，她像是长大了许多。

"暑假我来找您。"她退后一步说道，"那位大叔怎么样了？"

"还在呀。"

"还没痊愈？"

"很快就会出院的。"

姑娘听罢点了点头。

宇井出院只能等到不治之时。

"这个……"姑娘的脸上略带困惑和羞涩，她从裤袋里掏出了一个白色的智慧环，"请把这个转交给那位寂寞无聊的大叔。"

这是用三个金属环互连起来的智慧环。我把它接过来的时候，姑娘面带羞涩地笑了起来。

"我一定转交。"

"请代我向他问好。"

姑娘讲起话来像个大人。说完之后，她便转身朝着等在拐角的朋友跑去。

和姑娘分手后，我走进书店。不一会儿，天就下起了骤雨，雨势凶猛，像是要将积蓄了一整个白天的热一下子浇灭似的。我买了两本新出的文艺杂志，又在书架间逡巡了一番，但是外边的雨好像没有停的意思。无奈之下，我进了一家和书店隔着一扇门的饭馆。我在店里喝了一瓶啤酒，又吃了点儿饭。就这样过了半个小时，外面的雨由大变小，依然下个不停。外面的天也黑了下来。最后，我把心一横，趿着拖鞋，一路奔回了医院。

回到房间，我擦干头发，换下湿漉漉的衬衣，打开电视，然后躺在床上读起了报纸。无意间，我的大腿触到了裤袋，我这才想起了姑娘给我的那个智慧环。我连忙扭动身子，从裤袋里掏出那个智慧环。两环相套的那种智慧环，我上中学的时候玩过几个。于是，我躺在床上玩了起来，三环一组的智慧环，金属环汇成一点应该一下就能解套。这东西看上去是个小玩具，实际玩起来并不是那么容易，看来我是忘记了儿时玩这东西的技巧，姑娘知道了肯定会笑话我的。我突然意气用事，索性将姿势从仰卧换成了俯卧，正儿八经地玩起了那个智慧环。

正当我把三个金属环平行摆好快要解开的时候，突然响起了敲门声。

"请进。"我手里把玩着智慧环，头也没抬地应答道。

我想肯定又是司机或护士来找我玩，要不就是院长家打麻将三缺一叫我去。没想到，我应答之后，外面的人并没有推门而入。我连忙起身走向房门。这是哪个家伙这么装神弄鬼？我没好气地一把拉开房门。

只见黑暗中孤零零地站着一个男人。

我不禁倒退了一步，定睛看去，来人竟是宇井晋作。只见他整个人骨瘦如柴，穿着一身青色的睡衣，唯有眼睛瞪得大大的。我顿时觉得毛骨悚然，后背一阵发凉，仿佛立在我面前的是一个幽灵。

我定了定神，再度凝神望去，只见在走廊微弱的灯光下站着的宇井一动不动。等我的眼睛适应暗光后，我才注意到，他的眼神静如止水，跟躺在病床上的时候并无二致。

"你怎么了？"我定下神来问道。

"大夫，我想跟您说点儿事。"

宇井的身子缩成一团。刚入院的时候，我曾跟宇井并排着小便过。我觉得他比我有气势，跟人高马大的宇井站在一起，我不自觉地感到了一种无形的压力。眼前的他皮包骨头，人也矮小了许多。在昏暗的走廊里，唯有他那双眼睛还在不停地转动。

"请进。"

我的房间是日式的，门槛比普通门槛高出一截，但高度不到五十厘米。只见宇井慢慢跨过门槛，把屁股靠在房间边缘，一下子坐了下来。

"你靠着墙坐吧，那样更舒服一些。"

"这样就挺好。"

宇井左肩靠前，右手撑住榻榻米，身体前倾，喘着粗气。

我当着宇井的面，一阵手忙脚乱，关掉电视，收起报纸，找出香烟。收拾停当之后，我把烟灰缸摆在中间，这才坐在宇井的对面。虽然屋里的灯光不算太亮，面对两腮无肉、一脸死相的宇井，我总觉得心里有些不自在。就这样，我们两人相对无言。

"有什么事吗？"

过了好一会儿，我打破沉默，询问起他登门造访的原因。

"其实……"宇井晋作身子前倾望着我问道,"大夫,我的病还能治好吗?"

他那双泛黄的眼睛直勾勾地盯着我。此前我还见过一次他这种直勾勾的眼神,就在手术一周后拆线那天。当时他的眼神里充满对我的信任。现在,他眼神里的那股热切丝毫未减,但折射出的内容完全不一样了。短短三个月,宇井的眼神完全变了。

"怎么突然问起这个?"

"最近我有种感觉……"

"您得挺住。到了这个季节,普通的人都会苦夏的,别气馁。"

此时我的心情,与其说是在鼓励他,倒不如说是在恳求他。

"我感觉自己已经没救了。"宇井的声音有些沙哑。

"你可不能泄气,要坚强。熬过这段时间就好了。"

我回答他的同时,腋下在冒汗。宇井的眼神十分恐怖,就像枪口一样对着我。

"打起精神来。"

我朝着宇井鞠了一躬,心里不停地想,怎么才能让宇井放弃这种可怕的想法。我像干了坏事一样不停地鞠躬。名义上说是做了手术,实际上只是做样子而已,这使我更加愧疚。这种愧疚促使我对他更加热情。

"我得的是癌症,对吧?"

我下意识地抬头望着宇井,宇井的眼里充满了平静。此刻,他大概已经大彻大悟了吧。我突然浑身瘫软。骗局被人家识破了,在宇井面前,我简直无地自容。

"大夫，请您告诉我吧。"宇井俯下身说道，"我已经没救了，对吧？"

我面前是榻榻米和烟灰缸，光线明亮，可以清楚地看见宇井那双干枯的手。我一时语塞，未置可否。无论我如何解释都只能增加宇井的悲伤，眼下我只能保持沉默，一言不发。

"大夫，请不要瞒着我，您从手术那天就知道我不行了吧？大夫是明知道我不行了还坚持给我做手术的吧？"宇井穷追不舍。

宇井猜对了八成，猜错了两成。我们确实知道他不行了，但手术却没有真做。

"你们也是尽力而为了，是吧？"宇井抬起泛黄的眼睛仰望着我。

"真的是束手无策了，是吧？已经竭尽全力了，是吧？大夫！"

随着宇井绝望的惨叫声，我也跟着浑身冰凉，像个泄了气的皮球。

"真的，真的是一点儿办法都没有了……是吗？"

宇井蜡黄的脸上只剩下一双眼睛。我似乎在哪里见过这种柔弱而认真的眼神。

那时我怀抱着一只兔子，准备往它的心脏里注射药剂杀死它，而那只兔子正从下面仰视着我。我稍微调整了一下呼吸，接下来的一瞬间，我抓起兔子的耳朵，猛然将其上身反转朝上，将右手拿着的注射针头刺进了它的胸膛。随着"扑哧"一声响，针头扎进了它的心脏，那只兔子发出了"嘤嘤"的叫声，四肢乱蹬，使劲儿挣扎。我用膝盖使劲儿夹住兔子的身体，清楚地感觉到它那一阵阵本能的垂

166

死挣扎。整个过程持续了整整一分钟。在那之后，那只兔子断了气。在这一分钟里，我尽量让自己去考虑别的事情，晚饭的事，女人的事，总之，我尽量分散自己的注意力。在这一分钟里，这颗心离开了我，自由地驰骋，然后又回来。一分钟的静默之后，一切都恢复了正常。就这样，一天杀十只兔子，在那两个月里，我天天如此。

"大夫，我真的没救了吗？我真的不中用了吗？"宇井的眼睛还在望着我。我的心里一片空白。

"大夫，是这样吧？没错吧？"

"是的，的确不行了。"

听罢此言，宇井顿时沉默了。他的两只手依然伏在榻榻米上。他默默无语。

沉默正在生效。兔子的双耳用不了多久就会垂下，它渐渐地不再挣扎了。这种话必须得预先说清楚，这是一种礼仪。我把他的心一点点地吸引到自己这边来。

"现在用的药是有效的。"

"那是治疗癌症的药吧？"

"总之，看疗效吧。"

我说的话根本就不靠谱。事到如今，为什么还要做这番努力呢？这一点我自己也莫名其妙。

接下来，我们两人又陷入了沉默。

虽然宇井因自己得了癌症无药可救而哀号，但实际上他的心里还是抱有一丝希望的。尽管他知道自己得了癌症，他还是没有彻底死心。如果他真的绝望了，就不会来拜访我，也不会来询问我的意见了。现在即使欺骗，也要给他留一丝希望。我渐渐恢复了医生特有的冷静。

宇井俯着身，我注视着他的肩膀。时间就这样一分一秒地过去了。我们两人之间的紧张气氛得到了缓解。不必盘腿而坐，也不必端茶递水，一切都是多余的。一旦动之，则前功尽弃，一溃千里，无以复收。

突然，宇井开始抽泣起来，继而双手掩面放声大哭。我从未见过男人这样放声大哭。在我这个冷眼旁观的医生眼里，宇井彻底崩溃了，此刻的他什么也顾不上了。

"不！不！"宇井抬手挥拳痛击着自己的脑袋。

"完了！完了！"他大声叫着。

我无言以对。这时候，无论我说什么都无济于事，我只能在一旁呆呆地看着宇井声泪俱下。

"我不想死！我不想死！不！不！"

宇井的膝盖在微微颤动，涕泪横流，完全不像往日为人师表的那位老校长。

在这个放声哀号的男人面前，我只能低眉垂首，任凭时间流逝。

宇井回去之后，我在原地坐了一会儿。我心里总有一种无端受过的感觉，就像看见了不该看的东西一样心有余悸。每个人都有自己的隐私，应该埋在心底，旁人不可触碰，犯了戒是不光彩的。

桌子上依然摆放着刚才我玩过的智慧环和从街上买回来的两本杂志。刚刚目睹过宇井强烈的求生欲，我根本没有心思读小说。在死亡面前，什么杰作，什么人生哲理，都显得毫无意义。

一连抽了两根烟之后,我才静下心来,拿起了 B 杂志,这本是八月号的。我走马观花地浏览了一下目录,出乎意料,上面竟登载着K 先生的名字。真是令人难以置信,中断了六个月的连载又继续了。

"K 先生好了吗?"

我曾深信,连载不可能再开了,可是现在不得不相信了,K 先生的连载接着上回的《中世纪》继续写起来了,真是不可思议。面对眼前的目录,我自己一时也无法一下子放弃自己作为医生做出的预测。

从上次见面到现在,过去了六个月,K 先生只勉强写出了这些。接下来的连载还能继续出吗? 这不会是收山之前最后的绝笔吧? 思来想去,我觉得只有这种推断才能令人信服。那之后的六个月里,K 先生肯定思考过自己的生死。因此,这肯定是他清楚地意识到自己来日无多有感而发才写的吧? 不是当初的构思吧? 大概这篇文章才是 K 先生想要表达的心声。

窥见了宇井心中的秘密之后,我觉得意犹未尽,心中生出想探究 K 先生心路历程的欲望。于是,我内心充满好奇,翻开了那本杂志。

九

从那天开始,宇井变得少言寡语,他说话少了,皆因当时我承认了他患的是癌症。

其实,第二天,我就将宇井来访的经过一五一十地向院长作了汇报。

"真是太糟糕了。"

院长的语气里充满同情，但对我此番应对的态度却颇显暧昧。我回想起宇井称呼我的那声"大夫"。的确，这件事不能只责备我一个人，宇井晋作的所有治疗都是院长拿的主意。

我查房的时候没有再提那天晚上发生的事，宇井也缄口不提。我们都假装那天晚上的事没发生过，从记忆中抹掉了。他的老伴儿也只字未提。宇井在我的房间里总共待了不到一个小时。哭叫一番之后，他像是忽地想起了什么，止住哭声，擦了擦眼泪，默默地离开了我的房间。宇井大概是趁老伴儿不在到我的房间里来的。

盂兰盆节过去之后，北海道的夏季算是彻底过去了，病房里秋风荡漾。这天，我像往常一样，来到宇井的病房里。

"怎么样？"

"托您的福。"宇井的老伴儿应答了一句，鞠了一躬。

不知从何时起，回答我的问题的人换成了那位站在宇井病床边的老伴儿，而且回答得模棱两可，也不知是好是坏，问答到此结束。我感觉这样有问有答，恰到好处，双方都在无意间揣摩对方的心思，避免互相伤害。

他的老伴儿默默地解开了宇井的腹带。不同以往的是，最近一段时间，宇井不主动配合腹部检查了。他从两周前开始出现腹水了。癌细胞把宇井在食欲不振的情况下勉强摄入的那点儿营养也转化成了无用的废液。排液时，我先将他的身体向右翻转，腹水便倾向一侧，再从肚脐下方插入针头，每三天一次，就能潴留一百毫升。排完腹水，他原来鼓鼓的肚子就会瘪下去，原来偾张的静脉也消失了。

抽排腹水的过程其实也不太痛苦,宇井已经习以为常了。每次他都是侧卧着身子,头部前屈,认真地看着一百毫升的针管慢慢地抽满黄褐色的液体。

"今天抽了多少?"

"不是太多。"

我望了一眼污物盘。宇井一直盯着看,似乎觉得这些从自己腹腔里抽出的黄水有些莫名其妙。抽完腹水,我疾步走出了病房。在迈出病房之前,我一直担心被宇井叫住问这问那。到了走廊上,我才松了一口气。

"他太太不会也一起死去吧?"到了走廊上,护士长问道。

"这怎么可能呢?"

"这些日子,我看她累得够呛。"

没错,随着宇井病情的恶化,他的老伴儿也越来越瘦小了。本来她就身材瘦小,和宇井比起来反差挺大,现在一下子变得更苍老了。护士长告诉我,她才五十五岁。迄今为止,她默默无闻、无微不至地照顾着宇井,大家有目共睹。她似乎只要活在宇井的影子里就心满意足了。这大概是她多年来的习惯,她已经习以为常了。她的憔悴大概是因照顾宇井太劳累所致。

十

"宇井先生这几天每天晚上都服安眠药,而且剂量很大。"

护士告诉我这件事时是九月初。这个时节,早晚凉风习习,寒意袭人,夜里盖一床毛毯,常常会被冻醒。

"他深更半夜吵闹得周围人都无法入睡。"值夜班的护士无精打采地向我诉说。

"他哪里痛?"

如果癌细胞侵袭到腹部神经元这一神经密集区的话,患者会因疼痛难耐而无法入眠。那种疼痛不分昼夜,不打麻药根本止不住。

"看样子不像疼痛。晚上,大家都睡熟以后,他就开始闹腾,不是呻吟,而是喊叫。"

"他喊什么了?"

"具体喊的什么我也搞不清楚,就是在床上爬来爬去,嘴里莫名其妙地不停地喊叫,最后站起身,使劲儿扔枕头、拽毛毯。"

"这么狂暴吗?"

这种事发生在平日温和儒雅的宇井先生身上,简直令人无法想象。

"发作起来就像疟疾发作一样,整个人简直就像一头野兽。"

"怎么处理的?"

"我们让他服用了溴米那普鲁卡因和安定。"

"用药之后好些了吧?"

"过了一个小时才睡着。"

这种药效果不明显,用在这种狂暴的患者身上似乎不合适。

"不会成习惯了吧?"

"晚上十一点左右,夜深人静,他就嚷嚷着要吃药。当他的老伴儿打开装药的纸包、连水一起递给他的时候,他就一把将药打落在地,把水泼到老伴儿头上。他的老伴儿重新拿来药和水,他又故技重演。上次一晚上折腾了五次。"

"这不是像个小孩儿吗?"

"打掉药和水之后,他痛苦万分,两手捶头,两脚踹床。"

这种狂态发生在瘦弱的宇井身上,我简直无法想象。

"他不会是疯了吧? 他说的话不堪入耳。他揪住老伴儿大骂'你这个猪狗不如的畜生''快去死吧'之类的。天底下居然还有人如此对待无微不至地照顾自己的人! "

"宇井的太太就这么心甘情愿被辱骂吗? "

宇井的行为当然不正常,他那位逆来顺受的老伴儿也让人感到不可思议。

"注射药物之后,他安静些了吗? "

"我们去按住他,他立马就老实了。注射完药物十分钟后,他就安静了。不过,是在他闹腾二三十分钟之后奏效的,与其说是注射的效果,还不如说是他自己折腾累了。"

"可以在他刚开始闹腾的时候立即注射。"

"他太太来通知我们的时候,一般都是在他发作二三十分钟之后。她每天晚上都来值班室报告,大概也有些顾忌。"

我听到的尽是这些闻所未闻的事。

"我还是头一次见到这种狂暴的患者,这还像个小学校长吗? "

乍一听护士长的这番话,我觉得难以置信。果真如此的话,他平日又何必在我面前表现得那么平静呢? 面对狂暴发作的宇井,他那位一忍再忍的老伴儿也不正常。有这些举动的他们,与平日里看上去安静平和的他们简直有天壤之别,这一切令我百思不得其解。

"这样下去的话,周围的病号可不同意,他们认为,现在要么让他出院,要么把他换到单间去。"

"事到如今,说什么也不能撒手不管呀。"

眼下不能置之不理了,于是我把事情一五一十地报告给院长。

三天后,宇井被移到了一等单间。

"一等单间比普通间每天要多付五百日元。"院长告诉宇井的老伴儿。

"那就拜托您了。"

把宇井换到单间去之后,他的老伴儿看上去安心了不少。

十一

进入十月以后,我把宇井的腹水抽取减成了每周一次。每次抽腹水的体位只要一变化,他就会痛苦不堪。一味抽腹水,只能加快他的体力消耗。不管怎么说,估计他也活不过一个月,这搞得我也整天打不起精神来。宇井那浮出静脉的皮肤满是褶皱,肚皮一鼓一鼓的,痛苦地喘着粗气。他几乎已经不怎么吃饭了,面条或稀饭吃不到半碗就开始吐了,每天就靠将近一千毫升的补液勉强维持生命。宇井脸上的痣和晒斑都褪掉了,长出了新皮,脸上白白滑滑的。人临近死亡的时候,一生的痕迹就像被漂白过一样消失殆尽。

搬到单间里以后,宇井深夜的狂态不但没有收敛,反而愈演愈烈。搬进新房间才两天,他就打碎了三只茶杯、一只饭碗和一个烟灰缸。看到砸得粉碎的饭碗残片,我也不得不从心里认可宇井的异常。虽然屋里没有同住的病人,旁边病房的病人也很快提出了抗议。

护士们已经忍无可忍了。

"白天看起来蛮安静的。"

"大夫查房和有人探视的时候,他格外安静。可等到只剩下他和他的太太两个人的时候,他就开始不正常了。"

"不会是太寂寞了吧?"

"不管怎么说,这样下去,我们可受不了。"

"请大夫查房时好好强调一下。"

护士们七嘴八舌地诉苦,我也感到这件事很棘手。

他究竟为什么在深夜发作呢?虽然这些只是听护士们说的,可宇井发作好像不是因为疼痛或胸闷。会不会是夜深人静一个人躺在床上睡不着觉的时候,宇井陷入了极度的恐惧之中呢?我想找他本人一问究竟。

今天查房的时候,我准备明确提醒他,并问明他发作的理由。我到他的房间的时候,宇井刚睡着。他把头深深地埋在被子里,他看上去毛发稀疏、面色苍白、骨瘦如柴。

"老爷子,老爷子。"他的老伴儿见我来了,慌忙摇晃宇井的肩膀。

他的枕边放着一本书,书和宇井的脸并排着,像是在陪他睡觉一样。我顺手拿起那本书翻了翻,原来是 K 先生的著作。

他的老伴儿摇了两下，宇井才慢慢睁开眼睛。只见他为了让自己清醒，连眨了两下眼睛，我连忙低下头。

"你不必起身。"

"我也该起床了。"宇井说着，把视线移向了我手里的书。

"怎么样？"

"嗯。"

我们像每天早上一样打了个招呼。护士从宇井太太手里接过体温计，把记录着三十七点五摄氏度的记录板递到我面前。这几天，他持续低烧。

"我整天满脑子胡思乱想呀。"

今天早上，宇井刮了胡子，大概是他睡着的时候老伴儿给他刮的。

"这些天，我认真思考了生死的问题。"

我手里拿着书，翻开书页。书中各页都留着宇井有感而发所画的红线。

所谓死，就是让自己的生命圆满收官，完整展现自己的人生。死亡当然是肉体的消亡，人生就此画上了终止符。到了此时，这个人的一生算是完整地展现在世人面前了。

常言道，谋事在人，成事在天。谋事即所谓死得其所，若一个人鞠躬尽瘁，死而后已，那么死也许就不能称为死。人生乃以死得其所为壮美。一个人的生命之花盛开之时，正是其死

得其所之日。壮哉！美哉！

我读了画红线和用圆珠笔圈画出来的部分。

K 先生怎么样了呢？我读着这些文字，脑海里不禁浮现出 K 先生躺在病床上的情景。我从 S 氏那里听说，他从九月开始再次住院了。

"如果我能像 K 先生那样勇于思考、深明大义，该多好呀。"

我忽然觉得这话跟宇井的语调形成了莫大的反差，很是讽刺，简直让人愤怒。

"我们绝对不能这样下去。不行。"听完宇井这番话，他的老伴儿微微点头。

"我曾经和 K 先生见过一面。"我合上书说道。

"真的吗？他是个什么样的人？"宇井稍稍向上挪了挪上身问道。

"和照片上一模一样，是个沉稳大度、风度翩翩的人。"

"你们都谈了些什么？"

"要说谈话嘛……只是闲聊了几句。"我欲言又止，"只是聊了些北海道的事……"

我和 K 先生聊的都是癌症的事，几乎没有涉及文学，这本非我所愿，是不得已而为之。K 先生聊起病来喋喋不休发问的低沉声音又在我的耳边回响起来。这时，宇井的老伴儿站起身来，悄悄将他卷到肩头的毛毯恢复了原来的样子。

"我要是好好的,见了他,有好多问题想请教他。"宇井略微喘着粗气说道。

我发现宇井看我的眼神就像看 K 先生一样。

"他很有水平!"

"也许是,最近我越来越搞不懂了,读了好几遍都没搞懂。"宇井的语气里充满了焦躁。

听了他这句话,我畏缩起来。我单纯地想,宇井读 K 先生的书是因为他对 K 先生着了迷。

"您还是静静地休息比较好。"

我感觉也没有比这更合适的话对他说,无奈之下只得提高嗓门儿。

"他对死理解得很深刻,是吧?"

我下意识地望着宇井。

"他死的时候也会视死如归、感叹一番之后再死,是吧?"

"视死如归?"

"我觉得他在说谎,以我现在的感受,我无法理解他。"宇井望着我,他的眼睛因发着低烧而有些湿润,似乎在寻找依靠,"一个相信谋事在人的人,能悄悄地死去吗?死而无悔的境界是什么样的呢?"

我根本没有考虑到这一步,也就没有发言权。宇井的眼神依然穷追不舍地跟着我。

我无言以对,有些尴尬,于是望向窗外,只见高空中的白杨树梢和电视天线闪闪发光。我责备宇井深夜发作的打算,已经烟消云散了。我知道在我的视野之外，宇井正望着我。

宇井对 K 先生的病情似乎一无所知。

我心里惦记着 K 先生。

此时此刻，K 先生正躺在病床上思考着什么呢？八月号的连载只出了一期，九月号又没有了。《法灯消失的日子》这篇只有不满五页的短文就此告终，犹如油尽灯残一般。看样子，这是 K 先生知道自己得了癌症，想到自己来日无多而写下的绝笔。

心存疑而念佛往生。

我想借用法然的这句名言。自佛教传入以来，历经数百年岁月，究竟成就如何？芸芸众生皆得救乎？无非妄想、失望。

凝视凡夫心中欲念之时，我不禁自悟到，人绝无从妄想、妄念中得救之可能。

在宇井的身体每况愈下的夏末，我读完了这本书。

再过两个月就满一年了。每当看到宇井嵌入枕头中的脸，我就会产生一种错觉，觉得这张脸酷似 K 先生的脸，而且越来越像，不久它将会被同化。

十二

北海道文学展在札幌的 M 百货店举行，十月二十五日开始，为期一周。展会上展示了北海道出身的作家以及和北海道渊源深厚的作家的著作、遗稿和遗物。

文学展办得非常火爆，最后一天是十二月三十一日，是个周日，我从 A 市赶到了会场。

主要作家们都单独设立了展位，集中展示了与其相关的资料。我随着人流看完了展览，在出口处遇到了 S 氏。

"展会办得很成功呀。"

"就是会期太短了。"

S 氏作为主办方成员，喜悦之情溢于言表。

"收集得真齐全呀。"

"连那些来参展的作家看了都感到吃惊。"

"真是了不起呀。"

"畏首畏尾的话，就干不成大事。"

这半年以来，放下手头的小说创作、专门承办文学展的 S 氏说起话来不无自嘲。由于站在出口处被人流挤来挤去，我们便走到入口售票处旁的一块空地上抽起了烟。

"K 先生的展位搞得不错呀。"

"是呀。不管怎么说，在当下的作家当中，K 先生是最配合我们的，那些色纸也是他专门为这个展会写的。"

K 先生的展位面积有两坪半大小，墙壁上挂了三十张他亲笔在色纸上书写的作品摘抄。

"按年代顺序，写的是从孩提时代就铭记于心的话。"

三十张色纸里，从"谨以此检阅我的心路历程和生活片段"这样的格言录开始，每幅作品后还附带说明了感悟该文时的年代和背景。

好好学习，尽情玩耍。（大正二年函馆弥生小学入学）

此为开始，继之：

葡萄沙山初恋苦，遥念昔日萌动时。（大正八年函馆中学入学）

我最后一次十分明确地问你们，到底有没有上帝？这是我最后一次问你们。（昭和九年熟读《卡拉马佐夫兄弟》）

又继之：

著述若干，何为中心？（昭和三十九年艺术院会员颁奖仪式上陛下问话）

吾欲言时又无语。（世阿弥《花镜》）

无论再过多少载，你依然还是北海道人。（老婆大人如是说）

最后我细细拜读色纸：

依依难舍，婆婆缘尽，无力而终时，可往生彼土也。非欲速往生者，殊获怜悯。（摘自《叹异抄》此二三载病卧在床，念

顾生死，心浮此节）

在 K 先生的展位前，有些成群入场的女学生越过栅栏，探身仔细阅读色纸。照片上的 K 先生敞着大衣前襟，身体微微前倾，显得格外年轻。

"十月初，我进京到先生府上拜访的时候，他早已把三十张色纸作品整整齐齐装好箱等我去拿。"

"是他自己提出来要写的吗？"

"他说，最近总觉得疲乏，写不了大块的东西，只写了这些。他还特意把书一本本地签上名，全都给了我，这些书全部摞起来有三尺高呢。"

这种配合出乎我的意料。

"别的作家也这样吗？"

"不，K 先生是个例外！那位 I 先生就不一样，起先答应参展，展览快开始时又犹豫不决，最后只提供了一本自己写诗的笔记本。"

这样一来，资料不足，文学展的主办方自然不满，但对作为展示方的作家来说，这也许是因为不希望在公众面前暴露自己的心迹以及自己的成长历程和人际关系，所以才兴趣索然。说是为了文学，实际上并没有那么高的热情。这也许才是正常作家的心理。

看来 K 先生是自告奋勇主动提供资料的。据说，主办方本来只希望他提供四五张色纸，没想到他写了三十张。今年秋天，这种热情大概就会烟消云散了。

"先生是坐着说话的吗？"

"当时他坐在沙发上,瘦得令人吃惊,皮包着骨头,那么高的个子,看起来只剩下八十斤。"

"他已经不可能再提回北海道的事了。"

我回想起春天见到 S 氏时的情景。

"看他的身体状况是够呛了。他说的尽是北海道的话题。"

"他吃饭怎么样?"

"我带去了特产咸鲑鱼子,他高兴地收下了。"

看样子,那时 K 先生兴高采烈,S 氏大喜过望。

"他还对我说:'我觉得,像我和已故的 D 这样的在北海道长大的人,有新鲜的乌贼入盘,即可有滋有味地吃个痛快。'"

"无论多大年纪都摆脱不了在北海道出生的事实呀。"

这里面不光是年龄的原因吧。我想起"将死之人愈加思念自己的故乡"这句老话。

"他那么瘦,已经来日无多了吧?"

"你是说死亡?"S 氏吃惊地盯着我。

"他得的是癌症吧?"

"据说不是,好像是肝不好。"

"春天的时候不是说是癌症吗?"

"说是搞错了。"

怎么会有这种事? S 氏的这番话令人难以置信。

这时,一群高中生进了展厅。他们的外衣都淋湿了,原来外面下起了雨。折叠雨伞尖上流下的水滴和他们的外衣上流下的水滴搞得整个会场充满潮气。

"夏天的时候，我接到一封他的夫人写的关于文学展的信。信中说，这次住院确诊他得的不是癌症，悬着的心终于放下了。肯定不是癌症。"

"原来如此。"

"这可不是瞎说的，有信为证。"S氏信誓旦旦。

尽管他这么说，我仍然将信将疑。K先生逐日消瘦、倾其全力写色纸，这些都像是癌症病人的状态及所为。所谓肝不好，也不一定是纯粹的肝病，十有八九是癌症转移到肝脏了。

我确实无法接受S氏的这种说法。见我满面疑云，S氏的心里也没了底，说道：

"难道夫人对我们说谎不成？"

一年前，我在颁奖会场上见到K先生的时候，圈里已经盛传他得了食管癌。K先生本人好像也接受了自己得了不太严重的癌症这一事实。他今年春天住院，医生又说他得的不是癌症。第二次住院怎么会全部推翻初诊的结论呢？肯定是有什么人突然下结论说不是癌症。是医生改变了意见，是夫人在说谎，还是K先生开始独断地对周围的人放这个风？在这种情况下，夫人似乎没有理由对别人说谎，隐瞒病情。听到医生宣布得了癌症，当事人自然痛苦不堪，一旦宣布了，也就没有必要再推翻原来的结论。好不容易以实相告，就没必要编造谎言掩盖事实，反正患者早晚也会知道。难道是K先生第二次出院后自己编造了这些？思来想去，我依然百思不得其解。

"就这件事，夫人什么都没说吗？"

"看上去，先生对夫人十分温柔体贴。"S氏答非所问。

"离开的时候，我提出想和他一起照张合影，他欣然应允，乐呵呵地站起身来。这时候，夫人瞅了他一眼说：'您能行吗？'瞧，这就是当时的合影。"S氏说道。

在门口的花园里，北海道来的S氏和K先生两人并肩而立，K先生站在右侧，两手插在腰间的带子里，支撑着瘦弱的身体，脸上浮现出微笑。

"按你的说法，K先生现在早就不在了，可他依然活得挺健壮。"

K先生是不想表现出自己走向死亡、面对死亡时内心的忐忑吧。我再次审视照片上瘦骨嶙峋、硬挺着膀子的K先生。

"最后K先生嘴里不住地说着'谢谢，谢谢'，一直把我们送到大门口。"S氏说这话时显得有些沾沾自喜。

"谢谢，谢谢。"宇井晋作这些日子也经常把这句话挂在嘴上，我当时就注意到了这一点。

十三

十一月初文学展结束，我返回A市一看，这座北方小城已经充满了初冬的寒意。早晚说话都能吐出白色的哈气，池水也结了一层薄冰。院子里的树叶已经凋零，只剩下黑黑的树干，灰色的空中只剩下花楸树上那漂亮的圆红果。

回来的第二天，我把宇井要的文学展画册交给了他，他的老伴儿接过去翻给宇井看。连这本A5纸大小、不足百页的画册，宇井也没有力气独自捧起来了。

两天后的夜里，护士用力地敲响了我的房门。正躺在被窝儿里看书的我赶紧起身，穿上了裤子和衬衣。

"出了什么事？"

"宇井发疯一样打他老伴儿……"

已经卸了妆的值班护士满脸惊恐、面色苍白，白衣袖口里的手在发抖。此时恰好刚过凌晨零点，走廊上一片冰凉。从九点熄灯到现在，已经过去将近三个小时了。我和护士一路小跑，从游廊来到了病房的走廊，夜深人静，脚步声显得格外响。拐到连接宇井病房的走廊拐角处，只见四五个人影聚集在病房门口。他们都是住院的病人和陪床的家属，被突然响起的声音吵醒后来到走廊上，窥视病房里究竟发生了什么事。

"怎么回事？"

我穿过人群的时候，听见从宇井的房间里传出异样的声音。"啪、啪"的声音很瘆人，好像是击打在肉体上发出的，同时还夹杂着"噢、噢"的低吟声。

"你这个坏蛋！你这个死老婆子！快去死吧！"

听得出这是宇井歇斯底里的喊声。

我把门推开了一条缝，想窥视一下屋里的情况。

只见窗外皎洁的月光把病房照得通亮。宇井半倚着床站着，手中的那条黑色皮带从高处落下来。

接着传来皮带落在皮肉上的清脆回响。他那瘦小的老伴儿坐在那里,背对着挺立的宇井。

他的老伴儿垂着头,乱发遮面,看不见表情。只见她双手前伏,伸着头,趴在床边一动不动,摆出一副叩拜的姿势。每当皮带落下的时候,她的肩膀就左右晃动,上身颤抖。

"畜生!你这个坏蛋!你这个坏蛋!"

宇井的嘴因抽搐而变形,两眼放出异样的光芒,茫然地望着空中。宇井吐气的瞬间,皮带直落在老伴儿的背上。她像是一个在法庭上接受鞭笞的殉教者,披头散发,双眼紧闭,口中念念有词。

她像一个犯了错的武士,等待着落下的皮鞭。皮鞭在她的脊梁上炸裂的瞬间,她的头猛然前伸,接着皮鞭在其头上回旋一圈又落到了原来的位置上。

"大夫!"在一旁大气不敢出、看得目瞪口呆的护士碰了碰我的肘部,"这样下去,他会把夫人……打死的。"

我点点头,但整个身子却像贴在门上一样动弹不得。我想一下跳入病房,却怎么也无法向前挪动。有一股力量控制着我,使我不得自由。他的老伴儿好像希望被他抽打,抽打妻子的宇井也好像被妻子惯坏了一样肆无忌惮。这时候闯进去,我觉得太不成体统。我不愿意闯进人家夫妻一个愿打一个愿挨、不愿示人的房间。

"畜生!畜生!"宇井拼尽余力挥起皮带。

"为什么?为什么只让我死?"他就像一头野兽一样声嘶力竭地吼着。

挥舞的皮带在空中展开的瞬间,宇井的整个身子翻转向右倾斜,皮带和他的身子连成一体,拧成螺旋状左右摇摆。

"我不想死！不想！"

连叫两声之后，他的上身再度右倾翻转，他的整个身子像一根棍子一样，接下来，宇井一下子仰面栽倒在床上，挥舞的皮带紧跟着落在了他的脸上。

"住手！"我这才意识到自己是医生。

这时候，宇井已经全身痉挛。我们踏进病房的时候，他那原来弯着身子的老伴儿惊讶地站起身来，好像自己的隐私被人家发现了似的。不过接下来，她猛然回头看见仰面躺倒的宇井，便顾不上自己衣冠不整，一下子扑上去搂住了宇井。

"快拿氧气和地莫拉明。"我一边下指令一边摸着宇井的脉搏。

"赶紧！"护士打开了枕边的台灯。

宇井全身微微颤动，趴在他身上的老伴儿也跟着他一起颤动。痉挛从神经中枢逐渐扩展到神经末梢。宇井的嘴在痉挛中一合一闭，像在说着什么，但是又听不清楚。白沫和黑血从他的嘴里一齐涌出。

我和护士连忙抓起手头的毛巾和床单堵住血水。血水如决堤的洪水一般，不断地从他的口中涌出。宇井的脸上、胸上、他的老伴儿的头发上，都被血水染透了。出完血水，他又是一阵剧烈的痉挛。宇井就像耗尽了最后的力气，痉挛的同时，两眼散光、半睁半闭，最后闭上了眼睛。

死后处理流程结束，医护人员将整理完的遗体安置回病床上，这时已经是下午三点了。

由于宇井是半夜死亡的,殡仪公司也要等到第二天一早才能开始忙活。

"他爹!他爹!"宇井的老伴儿彻夜守在宇井的遗体旁啜泣着。

第二天,晴空万里。

宇井在东京的两个儿子赶到医院的时候,已经将近中午了。他那身穿丧服、身材瘦小的老伴儿在两个儿子中间显得更加矮小。两个儿子三下两下就把病房里剩下的物品整理完了。洗漱用具、锅碗瓢盆都从床下搬出来了。杂志和周刊原封没动,只把全集和单行本用绳子捆扎得整整齐齐。遗体移到灵床上之后,被子也撤掉了。他们叠褥子的时候,有一本书从床上掉下来。

"这是什么?"

大儿子蹲下身,捡起那本书。这是宇井去世前一周,我曾见到过的那本 K 先生的著作。

"你父亲昨天还在读这本书!"宇井的老伴儿低声说道。

"是吗?"

大儿子用右手拍打了一下那本书的封面,然后使劲儿将其塞进了捆好的书里。

"这些日子承蒙您照顾。"东西快整理完了时宇井的老伴儿向我道谢,"请您多保重。"

宇井的老伴儿再次向我默默低头鞠了一躬。

院长和护士表面上表示惋惜,但是心里对宇井的死都淡然视之。

宇井的遗体被运回了南部的老家,被褥和杂七杂八的日用品装满了小卡车。

"哥,这些书怎么办?"弟弟环视已经清空了的病房后问道。

"卖给旧书店吧。"哥哥回答道。

宇井睡过的垫子已经压出了一个凹下去的人形。两个护士把那个垫子从铁框上扒下来,抬到了二楼的晒台上。

K先生去世是在其后十天的十月十四日。我是在晚饭前喝啤酒的时候从晚报上看到这篇报道的,上面说,他的死因是食管癌转移到了肝脏。

报纸上还登载了K先生的遗照以及O氏的悼念文章,文章的题目是《历经乱世的坚强灵魂》。

S氏他们到东京去为文学展的成功举办答谢宴的时候,正好赶上了K先生的守夜仪式。这些都是事后S氏告诉我的。

眼下已经到了十月末。距离我第一次见K先生已经过去将近一年了。

"你的判断一点儿没错!"S氏和我们走在刚刚化霜的道路上,边走边聊。

"他的夫人好像到最后也不知道他得了癌症。"S氏说话的声音略显激动。

"先生本人真的也一无所知吗?"

"这个我不得而知。也许他早就心知肚明,为了不让别人担心而故意隐瞒着。"

我点点头,又回想起宇井的死。我从宇井的死看到了K先生的另一个影子。两个人的死看似有天壤之别,其实是殊途同归。

"一开始你就知道先生没有救了,是吧?"S氏面朝前方问我。

我的胳膊上搭着大衣,在满是落叶的路上继续前行。

"他可真能沉得住气呀。"

此刻,我的沉默就是对S氏的说法的肯定。

"其实,除此之外,也没有更好的办法。"

"你见过很多人死吧?"

我点了点头。

"听说,K先生临终的时候也是平平静静的,很安详。"

"这话你听谁说的?"

"是他太太说的。"

"哦。"我轻轻地点了点头,微微一笑。

S氏惊讶地回头看着我。

到了人行横道处,我们停下脚步。这时信号灯由黄变红,我们身后迅速站满了要去上班的人。

"你将来想怎么个死法?"我小声问S氏。

"你说什么?"S氏问道。前行的汽车一阵轰响,他竟没有听清我的问话。

我摇了摇头,算是向他表示"没什么"。

K先生的连载成了遗稿,一个月后登载在B杂志昭和四十二年的一月号上。这篇文章不长,总共不到六页纸,标题名曰《下克上》。

双心

一

"现在竟然要真干了。"河边信吾紧跟在比自己大五期的殿村身后,一边走一边说,"这不是在开玩笑吧?"

殿村并没有搭腔,只是一个劲儿地大步流星朝前走。现在是下午一点钟,医院正门前来看病的患者进进出出,穿梭如云。两人穿着院内的工作鞋就出了大门。刚进入二月,盎然的春意仿佛此时已经是四月一般。

医院前的咖啡馆里客人很少。

"来杯咖啡!"一落座,殿村就叫了一声,然后便倚着靠背,一头倒在包厢的卡座上。

"没问题吧?"

"谁知道呢。"面对劲头十足的河边,殿村冷冷地回答道。

"真的要对外保密吗？"

在旁人看来，年轻的河边兴奋不已，连珠炮似的一个劲儿地问个不停。然而，心乱如麻的殿村跟河边截然不同。他现在根本无心谈话。听到这句问话，殿村面色苍白，连双唇都紧绷起来。他觉得无法在医务处待下去了，一个人从医院里脱身而出，奔入了门前这家咖啡馆。河边只不过是紧随其后而来的。

就在三十分钟之前，殿村他们所属的 M 医科大学第二外科通知留在大学医院的二十名医生到医务处集合。通知说要举行一场教授的说明会，大家都以为是讨论四月举行学会的事。第二外科的主任教授是津野英介，今年四十八岁，属于院里的少壮教授。他在美国马萨诸塞大学留学四年，专攻心脏外科，现在是第二外科中心胸外科的顶梁柱。医务处里医生们的座次是颇有讲究的，是按照毕业时间的先后决定其座位排序的。教授位居中央，左右分别依次为岛田副教授、平岸讲师、殿村讲师、合田医务处长。接下来是助教和助手，排在末席的是今年刚结束实习加入的新成员。从教授到新人的距离相当远。大家刚一坐好，津野教授就入场了，全体起立行礼。津野环视了一圈之后，不紧不慢地开始发言。

"现在我的发言非常重要，万万不可对外泄露，还要绝对保密。"

津野对他在美国留学的经历念念不忘，虽然到现在已经过去三年了，他说话的时候还噘着嘴，准备随时突出重点。

"大家都知道，心脏移植在许多国家都已做过，这次我们科也要做了。"

闻听此言，在场的医生简直不敢相信自己的耳朵。他们心里清楚，即使在国外，这种手术也是刚刚起步。

"这也是诸位同仁充分研究的结果。"津野的语调依然慢条斯理，"手术采用双心的方式。"

津野说到这里，医生中顿时传出了一阵惊叫声。

"我知道，有的医生也了解，这种方法目前还没有人用过。这种方法是我们独立自主研发的。"

听了津野的这番突如其来的发言，在场的医生都觉得一头雾水。

"正如诸位所知，就目前我们的技术水平而言，心脏移植绝不是什么难事。但是，像日本这样的国家，在道德问题上存在很大阻力。因此，这次手术，在术后一周之内、确认成功之前，不得对外公布。所以你们也绝对不能对外泄露消息，一定要绝对保密，这一点，手术室和病房里的护士们也要做到。"

听了津野的话，医生们的眼里充满激情，频频点头。

"手术定在二月十日星期五的下午一点。手术成员的安排如下：移植方面的主刀是我，助手有岛田副教授、平岸讲师、合田君、上村君；人工心肺由矶谷君负责；心脏摘除方面的主刀是殿村讲师，另外还有布施君和河边君；摄影人员和麻醉人员稍后再定。还有……"

说到这里，津野英介稍微停顿了一下，望着医生们。

"接受移植手术的患者是三一一号的贵岛荣太郎，心脏提供者是三二三号的平井干三。"

瞬间,坐在教授右边第二个座位的殿村表情骤变。津野迅速扫了一眼殿村的脸,然后装作若无其事,继续讲话。

"我再说一遍,这件事没有我的许可,不得对外报道,当然也不许向外人泄露。"

听完教授的讲话,医生们都兴奋得面色绯红。教授离开以后,大家才深深地大喘了一口气,意识到该来的终于来了,脑子里浮现出南亚、美国等地类似手术的结果。他们知道,事实上,这些手术中,只有一名患者存活至今。

殿村身为心脏提供者平井干三的主治医生,现在竟成为心脏摘除手术的主刀医生,闻听这一切,他更是惊愕不已。说明会介绍后,岛田和平岸被直接叫进教授办公室。两人分别被指定在这台心脏移植手术中担任教授的第一助手和第二助手。事实证明,岛田、平岸以及医务处长合田,在教授做说明的时候都表现得很平静,他们肯定是事先了解了内情才如此泰然自若。殿村自己身为讲师,却被摒于事先商量之外,这真让人无法接受。而且,他们还都成了教授这台移植手术的助手。

通常情况下,脏器移植手术是两台手术在一个手术室同时进行的。提供心脏的那一台手术要掐准接受心脏移植这一台手术准备完成的时间,将心脏摘出来递交过去。殿村已经做过多台肾脏移植手术,其要领基本都是大同小异。作为接受移植手术的主台,配备的都是经验丰富的外科医生,而心脏提供方的那一台,即使配备一般的年轻医生,也无关紧要。移植手术的难点在移植的一方,而摘除心脏的一方则没有多少难点。再说，心脏移植手术，只要摘除心脏，患者就要被宣告死亡，根本没必要考虑术后的情况。

"手术的阵容可真是够强大的呀。"河边兴高采烈地感叹道。

教授以下的主要干将全员上阵。在外行看来，殿村作为其中一台手术的主刀医生，足以显示其位置之重要。但是，只要稍懂得外科手术的人一眼就能看出，这个角色与主台的医生相比，根本就不算回事，只是个无足轻重的配角而已。即使那些不如殿村的人，也都足以胜任这个角色。河边对这件事毫无感觉。河边的这番兴奋，使殿村觉得更加屈辱。

"那个人真的没救了吗？"

殿村并没有喝端上来的咖啡，只是不停地抽烟。

跟着殿村查房的河边对平井干三的病情了如指掌，交通事故造成其头盖骨骨折，他已经连续昏迷十天之久。从移植的心脏年轻而且正常这一条件来看，平井干三的心脏是再理想不过的，难怪津野教授一眼就看中了。

"他的家属能同意这件事吗？"

"我不知道。"殿村的回答有些粗暴。

他痛苦地回想起十分钟前在教授办公室里的情景。

殿村进去的时候，岛田和平岸已经到了。向大家宣布手术安排以后，他们被叫到教授的办公室研究手术方案。

"请坐吧。"津野教授朝一直站着的殿村说道。

"刚才讲了心脏移植的事，那位患者可是你负责的病号呀。"

"是的。"

"从这位患者的脑电波来看,他伤到了脑干部位,根本没有康复的希望,这一点千真万确。这样下去,他熬不过一个星期。岛田君和平岸君也持相同意见。"

殿村望了一眼在沙发右侧并排坐着的两位同僚。那两位目不斜视,脸上是若无其事的表情。岛田比殿村大五期,平岸跟殿村同期。两人是同期,又是同批晋升的讲师,后来殿村和平岸之间的关系却不甚良好。平岸追随津野的那套溜须拍马的功夫炉火纯青,令殿村深感不快。

"患者的年龄多大?"

"二十八岁。"

"住在哪里?"

"在市内。"

"在市内?"津野手托下巴若有所思。津野的手指又细又长。殿村心想,就是这只手要将摘下的平井干三的心脏移植给贵岛荣太郎。

"家属情况呢?"

"有一个孩子。"

"职业呢?"

"是个司机。"

"你是他的主治医生,所以全靠你了。"津野一边将焦油过滤嘴装在手中的香烟上一边说道。

"所谓家属,就是他太太,你去说服她一下。"

津野隔着眼镜凝视着殿村。从津野端庄的侧脸上根本看不出半点儿外科医生那种特有的粗暴，而这却使殿村觉得眼前的津野更加冷酷。

　　"可能得稍微费些劲儿吧。"

　　殿村心中愤愤不平，眼前的津野和两位同仁不仅私下确定了手术日期，现在又把这个该死的角色强压在自己的头上。

　　"希望你想办法说服一下。"

　　说得再好听，这种差事也无法让人痛快接受。

　　"可以吗？懂了吧？"津野说话的语调严厉。

　　在大学医院里，没人敢违背教授的命令，教授就是一言九鼎、至高无上的太上皇。殿村点点头。

　　"就说这些。"津野说完，翘起二郎腿，迫不及待地抽起了烟。

　　所有的人都沉默不语，岛田惴惴不安地注视着殿村。

　　"我告辞了。"

　　殿村起身行礼，但津野一言未发。殿村绕过书架走到门口的时候，传来了津野响亮的声音。

　　"一定要说服她。必要的时候，从医务处拿二三十万日元给她。"

　　殿村停住脚步，微微地摇了摇头。

　　"我知道了。"

　　他使劲儿地关上了教授办公室的门，借此发泄心中的怒气。

　　"这次双心手术可真是大胆之举，是惊天动地的手术呀。"

　　此时此刻，河边根本无法体察殿村的心情。年轻的河边完全沉浸在心脏移植手术的兴奋之中。

"这次要是成功了,肯定会一鸣惊人的!"

河边说得没错。一个成人心脏的大小也就相当于本人的一个拳头。以往移植的心脏,都是摘除衰竭坏死的心脏,然后植入健康的心脏,从理论上讲,是绝对单纯的。可是津野研究的双心手术方案却与之不同。不必摘除原来的心脏,直接植入新的心脏,使血液循环主要供应新植入的心脏,停用原来的旧心脏。万一移植的心脏无法存活,再恢复原来那颗心脏的血液循环。这样的话,心脏移植失败的时候,患者也能得救。这的确是划时代的方案,肯定会引起全世界学者的关注。但这种手术方案需要解决的是,在原来的胸腔内植入一个拳头大的新心脏会造成压迫肺脏的问题。

"在移植技术方面,我们完全不次于那些洋鬼子。"

河边很注重手术代表的民族主义,在这一点上,殿村也不例外。殿村心里也不得不承认,津野教授的确也能够完成这种手术。

"问题是如何抑制抗原和排异反应。"

"单纯抑制的话,可以做到。"

在活人的体内植入他人的器官,其中的蛋白质成分变成了异物,不适应新的活体。用类固醇激素可以有效地抑制活体的排斥反应,但是使用过量就会减弱活体的防御功能,极易引起肺炎,导致其死亡。如果一直有这种排斥反应的话,就会减弱活体的防御能力,两者是相互矛盾的。外国的病例都是因此并发其他病症而死亡的。

"教授这次是孤注一掷了。"河边凑上来说。

"成功的话,这将会震惊世界呀。那就不仅仅是日本的津野,而是世界的津野了。"

"结果到底会怎样呢？"

殿村含糊其词，觉得河边的观点有些异想天开。津野似乎有些年轻气盛、野心勃勃。

"不过，不是那么简单的呀。"

"你是说手术吗？"

"手术倒是没问题，不过还有患者存活下去的问题。"

"是呀。"

殿村盘算着能否说服病人家属，对方肯定不会轻易接受的，这件事很难办。

二

平井里子在护士办公室的门口观察着里面的情况。她的两颊消瘦，头发向后梳着，她的个头儿不算矮，但看起来骨瘦如柴。从罩衫外面穿着的毛线衣上看，她的前胸平平，看不出凸起的轮廓。黑色的裙子上满是污点，泛着点点黑光。也许是她有一个两岁男孩儿的缘故，她看上去比二十五岁的实际年龄要大三四岁。

"您是来找殿村先生的吧？请进来。"

听了护士的呼唤，里子轻轻点了点头，走进了门。

办公室的里面是护士长的办公桌，旁边横着一张沙发，周围排列着指示传票和台账。那些忙忙碌碌、进进出出的护士很少到里面去。里子在沙发上和殿村并排着的位置轻轻坐下。

"我想谈谈您先生的事。"殿村按照昨晚躺在床上打好的腹稿开始了谈话，"我们做了各种努力，没有一点儿好转。"

靠在沙发上的殿村可以看到里子的侧背影。里子没有搭话，只是将两只手叠放在膝盖上一动不动。

"我们认为，患者的意识不可能恢复了。"

听到这里，里子的脖颈儿微微颤动了一下，可以清楚地看到从她脑后到颈部中间变窄的部位长着一层细细的汗毛。

"我想，要是发起烧来，白细胞增加就危险了。"

这时，过来取桌子上的住院台账的护士长望了望里子，很快又移开了视线。殿村和里子犹如两个毫不相识的陌生人，呆呆地目视着前方的墙壁。

"情况就是这样，也希望您通知患者的亲戚们，有个心理准备。"

殿村说起话来小心谨慎，嘴皮子也开始变得不利索了，如果只是宣布最后的结果，本来还可以用更好的说法。"回天乏术"这句话本身无非就是为了引出准备后事的开场白，关键的台词最后就顺理成章出来了。而此时，他的心情沉重，很难一下子说出口。护士长把视线移向殿村，从侧后方看不见里子的表情，但看得出里子的肩头在微微颤动，也许此时她正在抽泣。大概是叫她来谈话的时候，只说有点儿事，里子连手帕都没有带在身上。护士长见状，给殿村使了个眼色。一见里子哭起来，殿村更失去了说下去的勇气。他觉得，今天的谈话最好到此为止。昨天他还想一口气把这件事讲完，现在看来，那样就太不近人情了。殿村想，应该在没有旁人在场也没必要顾忌里子哭泣的地方谈话。

"回头再跟您详谈吧。"

里子依然一动不动地坐在原处,肩膀一个劲儿地颤抖不停。

"就这样吧。"

里子站起身,手捂着脸,低着头,一路小跑地出了办公室。殿村转过脸抬头看去,也没有看见里子到底哭了没有。

医务处存放着迄今为止大部分与国外医生进行心脏移植有关的新闻报道的剪报。这些剪报殿村都阅读过,全都是详细记述接受移植方的,而涉及提供方的几乎没有。仅有一篇记述南美成功病例的心脏提供者的报道比较详尽,那是一位黑人青年,这令殿村心情沉重。

无论是在医院里还是在家中,他都在思考应该选择什么时间和什么地点把事情告诉平井里子。这个问题令殿村犹豫不决。

里子应该理解在办公室那番谈话的意思了,但是殿村并没有当场谈到提供心脏的事情,所以谈话还没有达到目的。乍听到让自己提供丈夫的心脏,里子会有怎样的反应呢?说不定面带稚气的里子会当场背过气去。殿村回想起了里子那苍白憔悴的面容。

摊牌的时间提前或拖后都不合适。提前说的话,她就会知道丈夫死亡的日期和时间,这对一名陪床的妻子来说,肯定是无法接受的。里子能够默默地熬到心脏摘除的那一刻吗?这期间,她会不会变卦,会不会把事情说出去?可是,拖延到术前二十四小时之内谈话,如果对方不同意,那就更麻烦了。为了步调一致,手术室、麻醉科要预先准备,而且接受移植的患者也必须提前准备。心脏摘除之前,还必须提前对心脏机能进行各种检查。突然出现大批医生进行各种检查,肯定会引起里子的怀疑。

选择摊牌的地点令殿村颇费脑筋。平井干三的病房里一共有六名病号,手术一旦定下来,就要把他移到单人病房,现在屋里除了病号还有陪床的家属,什么时候都有人,不适合谈话。他又想到了办公室,这个节骨眼儿上谈起来,里子可能会当场哭晕,当着护士们的面也不便因势利导说服里子接受。总之,这件事可不是在走廊上站着说说就能解决的。在医务处或者殿村的办公室谈话,还得请在场的医生们回避一下才行。可是,转念间,殿村又陷入了另一种不快。

和殿村同室的还有平岸与合田,他俩都是移植小组的骨干,正在阅读心脏移植的文献,研究手术方案。不光是他俩,整个医务处的人都在关注这台日渐迫近的大手术。在这种情况下,只有他一个人要为拿到这颗心脏而不得不向这位患者的女家属低头。医务处的医生们肯定会对殿村给予同情,因为他要去苦口婆心地说服那位对医学知识一无所知的女家属。这是一名医生该干的事吗?殿村觉得,自己真是太悲惨、太屈辱了。只剩下四天的时间了,殿村横下一条心,暂时不去想这些令他烦心的事。

三

又过去了两天。查完房之后,津野把殿村叫进办公室。
"怎么样,谈完话了吗?"

"不，还没有。"

"再不谈的话可来不及了。"津野接过护士长递过来的毛巾，一边仔细地擦着手一边说道，"这个好说的。"

津野把毛巾还给护士长拂袖而去，殿村依然呆呆地站在原地。他回身一看，办公室里除了护士长外，还有两位医生，他们似乎已经听到了教授和殿村的谈话。

整整一天，殿村心里都在想："今天是非谈不可了。"下午，他下定了决心，来到病房，但不凑巧的是里子不在，一问才知道，她去买东西了。

"真难办呀。"殿村虽然嘴上这么说，心里却如释重负，今天谈不成了，就这么着吧。准备从办公室回房间的时候，他看见一个人影从讲师室里走出来，走到跟前他才看清，那是河边。河边在病房分配上和研究上都跟殿村同属一个小组，每次他来讲师室都是找殿村的。今天殿村不在，屋里应该只剩下平岸一个人。

"怎么了？"

"有点儿事。"

河边垂下眼帘，不知所措。他的腋下夹着几本医务室新到的心脏移植文献类图书。殿村记得，那些书原来放在平岸的书架上。

"平岸今天发烧了……"

这种事即使不问也一目了然。河边显得惴惴不安，好像想避免尴尬似的。殿村觉得自己像个泄了气的皮球。

第二天早上，津野一到医院，就把殿村叫进了办公室。

"怎么样了？"殿村一进门，津野就站起身问道。

"不，还没……"

"为什么呢？"津野发起火来，褐色的眼睛里闪着青绿色的光，"你想干什么？"

"家属不在。"

"陪床的总是不在吗？不会从早到晚都不在吧？这种理由能说得过去吗？"

虽然殿村满腹牢骚，但是当着教授的面，他默不作声，犹如被驯服的羔羊一般。

"不早点儿谈妥怎么行？我们这边正在全力以赴准备着呢。"

听说那位接受移植、姓贵岛的患者是自己提出想做移植手术的。比起说服活着的患者早点儿放弃生命，说服患者接受这种移植手术简直就是易如反掌。殿村心里这样想着，嘴上却只字未提，他用沉默来对抗这种不公平的分工。

"你在医务处算是老资格了，我是相信你才让你来做的。"

大概是津野感觉出殿村的抵触情绪，他的语气稍微缓和了一些。殿村心里在嘀咕，什么老资格，说得好听，这些话不过是信口开河、敷衍了事罢了。我是老资格为什么还让我去干这种差事？这种事应该由教授本人或者副教授来做。难道到现在津野还没忘记两年前竞选教授时两人之间的芥蒂吗？也许因为我不是教授的嫡系吧。殿村回想起那个自己根本不想用的词。

"今天抓紧谈话，明天来向我报告，你听懂了吗？"津野说完这句话，使劲儿转动椅子，把背朝向殿村。

殿村顿觉不祥，感到祸事临头，今年春天，自己八成会被从大学医院发配到乡下的地方医院去吧。

到了中午，看完门诊，下午又做了一台肺癌手术，等到冲完澡出来，已经是五点了。

殿村从手术室径直来到病房。平井干三所在的三二三号病房位于三楼的东侧。

长长的走廊中停着送晚餐的配餐车。里子现在在吗？今天晚上，他非摊牌不可了。今天一整天，殿村都忧心忡忡，心里想的全是这件事。

走廊右侧的病房号码是奇数，左侧是偶数。门玻璃上写得清清楚楚，右侧是三〇五，左侧是三〇六。接下来右侧成了三〇七，左侧成了三〇八。这些病房都不在健康保险范围之内，每个单间都要多付五百日元的差价。殿村走近右边的三一一病房，里面住着接受移植手术的贵岛荣太郎。他在门前停住了脚步。

贵岛荣太郎今年四十八岁，原来是一家木材公司的第二代社长，现在已经卸任，把公司交给他的弟弟管理。从二十多岁起他就病魔缠身，患上了严重的瓣膜心内膜炎，已经断断续续住院治疗十多年了。迄今为止，他曾经三次突发心肌梗死，每次到了医院却都化险为夷，有惊无险。由于整天因为害怕发病而提心吊胆，他的头发几乎全白了，身高一米七的他如今体重只剩下六十千克。两天前大查房的时候，殿村只从后排医生们的缝隙中看了他一眼，他给殿村的印象也只是一位面色苍白的老人。他倚在病床抬起的活动靠背上半坐着,看上去完全不像四十多岁的人。他的下半身盖着的那条柔软的蓝色毛毯一直铺展到床尾。

病房里恢复了宁静,里面躺着的这位四十八岁的盖着蓝色毛毯的男患者正在等着新的心脏。殿村觉得,眼前这位面颊消瘦、唯有眼中尚有生气之光的中年患者,就像一条潜伏在深海里的鱼。

这时,从旁边的病房里走出来一位女护工,双手抱着一个大水壶。配送完晚餐之后,她正在往各病房病号的杯子里倒茶水。殿村莫名其妙地想象着等待换心的那个男患者正在喝茶的情景。

平井干三躺在三二三号病房门口右侧的那张病床上。正值晚饭时间,病房里有的患者起身坐在床上,有的则躺在床上由陪床的人喂饭。里子背冲着门口,没有注意到殿村的到来。她坐在床边,背着孩子,正在吃着刚刚配发的晚饭。干三仰面躺着,睁着双眼,但是他的目光呆滞,直愣愣地望着眼前虚无的空间。他的眼白这两天看上去有些泛黄。尽管如此,吊在瓶架上的那瓶五百毫升的无色补液正顺着软管点滴注入其右臂的静脉之中。干三处于昏迷状态,不能进食,干三的那份病号饭也就由里子来吃了。

"平井女士,平井女士。"

听到两声呼唤,里子回过头来。她的右手握着筷子,嘴里的饭还没有来得及咽下去。

"回头请您到我这里来一趟。"

里子咽下口中的饭,点点头。她的眼睛大大的,她背着的孩子还在熟睡之中。

"半小时以后过来就可以。"

吊瓶里的药液还剩三分之一,这是今天的第四瓶。殿村望着软管,确认着补液的滴数,然后又摸了一下病号的脉搏,他的指尖触及脉搏时有些紧张。十天来一直靠补液养护的心脏状态良好。

"到办公室去吗?"里子的声音略显沙哑。

"到哪儿去呢?"殿村的回答含糊不清,"请到咖啡馆来吧。就是医院对面那家。"

里子黑黑的眸子再度睁大。

"勃朗峰。"

平井干三的眼睛望着空中慢慢地左右转动着。他在进行开颅手术时刮光了前额的头发,露出青青的头皮。

里子能来吗?殿村望着客人出入的绿色玻璃门,呆呆地揣测着。斜对面那桌来了两位看上去有些面熟的护士。他为什么要在这里等里子呢?殿村对自己的举动感到不可思议。他的一举一动都被另外一种强大的力量推动着。大概是身处大学这种封闭环境的缘故,殿村越发觉得自己软弱无力了。

里子出现在咖啡馆里,她迟到了十分钟。她的衣着跟在病房里完全一样。

"孩子怎么样了?"

"孩子睡下我才出来的。"

"睡在哪儿了?"

"在床上。"

"不要紧吧？"殿村担心起睡在那位昏迷患者旁边的孩子。

"拜托邻床的阿姨帮我照看了。"里子搅动着杯中的咖啡应答道。

她的应答简单明了，丝毫也不拖泥带水，从这一点可以看出，她是个不善交际的人。

咖啡馆里飘荡着最近流行的慢节奏乐曲。殿村心里突然想象出以前里子和平井干三两人在咖啡馆里对坐的情景。眼前的里子看上去依然像个独身女人。殿村心里慢慢地计算着时间。过了两分钟，殿村下定决心，抬起了头。

"其实，我有件事想拜托您。"

里子全身僵直，坐着没动。

"说是拜托也有些不太准确。"

里子纳闷地抬头望着殿村。

"说起来也有些难以开口……我们需要您丈夫的心脏。"

开始还吞吞吐吐，说到后半句，殿村干脆一口气都讲完了，然后将探寻的目光投向里子。

"心脏？"里子听罢，下意识地低声反问道。

"是的。心脏，您丈夫的心脏。"

奇怪的是，此时殿村觉得自己一下子镇定了。

"您丈夫顶多还剩四五天，所以我们需要他现在的心脏，将这颗心脏移植给其他有需要的病人。"

里子像个小女孩儿一样，侧着头倾听着。殿村将杯中的水一饮而尽。坐在他对面的里子渐渐崩溃了。只见她瞪着眼，鼻孔张大，抿着嘴，双眉紧皱。殿村的话的确命中了要害，显示出了效果，里子的表情越来越痛苦。她的鼻子皱着，眼睛、嘴巴、眉毛全都集中到了中央的这一个点上，她仿佛想要爆发出一声惨叫。

"有一位心脏衰竭、急需移植心脏的病人，我们想让您先生的心脏在他的身上发挥作用。"

此刻，殿村因自己这几句恶魔般的话语而感到满足。这一连串的打击弹无虚发，似乎全都命中了里子的心。眼前的里子就像电视节目里播放的慢镜头一样，只见她仰起头，鼻孔朝上，嘴巴微微张开，双腕向后垂下，慢慢地瘫在坐垫上。

"请您配合。"

现在里子彻底崩溃了，她的嘴巴微张，双眼紧闭，她从桌下抽出干瘦的手搭在自己的额头上。

里子哀号起来。

里子全身后仰，伸着两只手，将手搭在额头上，头仰靠在墙壁上，完全失去了反抗的意识。

从一连串攻势的兴奋之中冷静下来之后，殿村有些不寒而栗。

咖啡馆里恢复了平静。斜对面的女客人笑个不停，女店员再次放起了动感的音乐。殿村一下子意识到，现在与自己相对而坐的是平井干三的妻子。

从里子捂着脸的两只手的缝隙中露出的鼻尖和嘴唇在不停地颤抖。里子一言不发，未置可否。殿村必须从里子口中得到"好"的答复，现在说成功为时尚早。他无论如何也要说服里子同意。

"所以……"殿村刚开口就停住了。

里子的身体摇晃着,从身体内部发出了低沉的呜咽。这时,女店员手持水瓶走了过来。对眼前两位客人的反常表现,她装作没有看见,例行公事般加完水就走了。这时,有三位男客人出了店,接着又进来了两位结伴而来的年轻人。店里的音乐换成了节奏稍快一些的乐曲。从远处看,疲惫不堪的里子用手捂着脸倚靠在墙壁上。不走到近前,根本察觉不到里子的身体在不停颤抖。乐曲声掩盖了里子的呜咽,没有人注意到此刻她内心的痛苦。殿村有些耐不住性子了,一口气接连抽了两支烟。杯子里剩下的咖啡早已经凉了。两人就这么僵持着,无论谁先主动说话,似乎都可能引起里子的爆发。头脑清醒的殿村觉得眼前自己想要做的这些事简直肮脏得令人难以忍受。

"请考虑一下,明天答复我。拜托您了。"殿村匆匆说完,鞠了一躬。

"我们走吧。"

殿村站起身,里子也紧跟其后。

"另外……"站起身后,殿村意识到最重要的话还没有说,"这件事还没有最终决定,所以请您不要跟任何人讲,一旦决定的话……"

里子侧过脸看着殿村。

"无论是家里的人还是亲戚,都不要讲。"

殿村像被里面出来的客人催着似的去结了账。等他结完账走到门口的时候,里子正站在那里,隔着玻璃门望着外面。

四

手术的准备工作十分顺利,手术将在最大的那个手术室里进行。

心脏移植的方案确定了。

经过心脏的血管一共有六根。这些血管一旦停止工作,就要给新移植的心脏搭建旁路,进行连接。那颗原来的心脏被阻断血流之后,身体仅供其维持自身生存的血液。在原有的心脏旁边固定一颗新移植的心脏需要一个小时。阻断血流、搭建旁路较难,需要两个小时,移植改变血流后,稳定两颗心脏的状态需要一个小时,一般来说,上述手术各阶段的时间加起来,总共需要四个小时。

手术的开始时间定在二月十日下午一点,只剩下两天时间了。

第二天早上,殿村七点钟就起床了,准备直接去医院。比起平井干三,里子这边更让人担心。惊恐和悲痛之余,她会不会歇斯底里地断然拒绝他的请求呢? 整整一个晚上,殿村都十分不安。

他比平常早一个小时出了家门。不直接见到里子、得到她的明确答复,他的心就无法平静下来,今天事情必须得有个着落。殿村心情沉重,坐立不安。

殿村从衣柜里取出白大褂换上之后,直接朝办公室走去。他经过第二研究室,河边出现在他的面前。

"早上好。"

殿村想起两天前在走廊上遇见河边的情景。

"先生,您和平井的家属谈过了吗?"

看样子,河边对两天前的事似乎已经不是那么忧心忡忡了。

"怎么了?"

"昨天晚上是我值班,听说平井太太一夜未睡,服了三袋安眠药,结果……"

"结果怎么样?"殿村一下子被河边的话吸引住了。

"没什么,只是半夜里小孩儿一个劲儿地哭个不停,护士才过去看的。"

"怎么了?"

"她竟然把小孩儿单独包在被子里,放在床下。"

"她不知道吗?"

"她和病号躺在一张床上呼呼大睡。"河边的眼里泛着笑意。

"安眠药一下子上了劲儿,她根本就起不来。"

"是吗?"

殿村回想起昨天晚上里子在咖啡馆里的样子。

"您还没有跟她谈吧?"

"你怎么知道?"听到比自己小五期的河边这番唐突的询问,殿村露出不快。

"不懂医的人真是让人头痛呀。要是我们的话,一看就知道那样的状态根本就没有救,不会花太多精力的,只不过是留了口气喘着而已。"河边说这番话似乎是想安慰殿村,"心脏这种东西,只不过是个泵罢了,难道里面还能藏着什么东西吗?"

"在家属看来，这可是天大的事呀。心，不是单纯指心脏，还连着大脑，应该说两者同等重要。"殿村迈步朝办公室走去。

"要是家属不同意怎么办？"

"绝对不会的。"

殿村目不转睛地瞪着河边，心里想："这家伙真是多嘴多舌。"

"不过，反正人已经没救了，借此领到一笔补偿金也不错。"

"事情没有那么简单。"

"为了配合时间，可以用打点滴的办法延长时间。"

"你说什么？"

"你可以慢慢地说服她。"

"胡说八道！"

殿村突然一声大骂，让河边全身哆嗦。周围的护士也都回头望着他俩。河边不知所措地站在原地，殿村则满不在乎地快步走向办公室。

办公室中央的桌子上摆着平井干三的入院记录。他昨天晚上六点的体温是三十七点三摄氏度，今天早晨六点的体温为三十六点五摄氏度，脉搏为每分钟七十二次和每分钟六十次，夜间排尿两次，状况同前，未见异常。患者虽无意识，但一昼夜间的脉搏未见明显变化。

"晚上九点、晚上十一点、清晨零点，陪床者自述失眠，三次分别口服了 0.5 克安眠药。"看护记录旁边留有这样一段用小字写成的红笔备注。

"通知平井太太，让她马上到医务处来一趟。"殿村吩咐完之后，便回到了医务处。

窗帘开着,医务处里阳光明媚。殿村坐在沙发上沐浴着上午的阳光,浏览着报纸,等待着里子的到来。现在是八点三十分,大部分医务人员九点之前是不会来这里的。即使来得早的人,也很少来医务处露脸。昨天晚上,几个医生曾在这里喝酒,医务处的桌子上摆着许多啤酒瓶和啤酒罐,烟灰缸里满是烟蒂。黑板上画着一个心脏的示意图,上面画着两个血液环流的箭头。昨夜那些年轻医生肯定在这里边喝酒边讨论心脏移植的技术问题。

又过了四十分钟,里子还是没有出现。她不想见面?殿村顿感坐立不安。又过了十分钟。九点半以后,殿村有事要外出。平井入院的第二天,里子就来这里打听过丈夫的病情,医务处的位置她不会不知道。

"早上好!"医务处雇用的清洁女工走了进来,开始收拾桌子上的啤酒瓶。已经九点了,殿村站起身来,拨通了电话。

"通知平井先生的太太了吗?"

"刚才通知她了。"

"奇怪呀,现在她还没来。"

"要不要再催她一下?"

"已经通知过就算了。"

透过窗户可以望见对面的病房,病房大楼下面的草坪依然呈褐色,带着湿气。

要是说服里子的工作失败,不知津野会多么愤怒。看来他是孤注一掷非干不可了。这次机会的确是千载难逢,心脏的提供者和需要者同时具备,要是错过,不知何时才能再碰到。津野已经调兵遣将,周密地安排好了麾下的胸外科少壮派医生们作为精兵强将披挂上阵。毋庸置疑,这台手术一旦获得成功便非同小可,不仅在日本,在国际外科界他们也会声名大噪。

"一定要干。"

"可是……"

"反正那人早晚要死。"

"那么,先生您……"

这时殿村忽地想起津野笑起来时那双褐色的眼睛,顿觉自己仿佛刚从阴森森的噩梦中醒来。也许用不了多久,他也该跟这家大学医院告别了。殿村回想起今天早晨自己在床上听着妻子的鼾声冥思苦想的情景。

"先生,先生,来客人了。"清洁女工手握扫帚呼唤着殿村。

只见里子出现在黑板的阴影里,她依然穿着平时穿的那件黑毛衣,背上背着孩子。她看上去满脸灰白,大概半夜服下的安眠药还没过劲儿。

"请坐吧。"

殿村右手拿起烟灰缸,与里子并排坐到了沙发上。

"刚才正好孩子醒了,所以……"

"没事,没事。"

里子跟往常一样在沙发上轻轻坐下，她背上的孩子跟旁边倚背而坐的殿村正好并列成了一排。孩子的身体后仰。里子的身体前倾，她似乎看明白了正面的黑板上画着的那个心脏。

"天气真好呀。"

"是啊。"

对话刚开始又停住了。女清洁工擦掉了黑板上的画，擦起了桌子。

"昨天跟您说的那件事，您考虑了吗？"殿村一字一句小心翼翼地问道。

从侧后方可以看到，里子动作轻柔地回身对孩子微笑，但是并没有回答。

"从感情上说，是难以接受……"

此时此刻，殿村觉得自己简直就像一个向人解释道歉的商人，但他也是无可奈何。患者呼吸停止、心跳停止时即可判定为死亡。这是现代医学的常识，这一点是公认的。在医学上，脑电波消失也不能将患者判定为完全死亡，只不过是患者本人丧失了思考和行动的能力而已，因此就判定为死亡未免太过分，这一点在医学伦理上也讲得清清楚楚。殿村心里揣着明白装糊涂，顾左右而言他。

"对死亡的判定，当然存在各种各样的问题。一般多以心脏停止跳动作为判定死亡的依据。个别患者的心脏依然跳动，但脑电波已经消失，也同样被认定为死亡。医学上这样的判定是毫无问题的。"殿村的两眼一直望着眼前的黑板说道。

他没有直接观察里子的表情变化，也不知道里子心里对这番话到底听进去了多少。不过也可以说，两人这样坐着倒也让他觉得轻松一点，因为他不必和里子面对面。

"外行人也许觉得这些事无法理解，其实也不是没有道理。但这是个简单的时间问题，就像原来维持三天而现在压缩成了两天那样，只是一个单纯的时间问题。"

果真如此吗？殿村嘴上说着，心里又翻腾起刚才放下的那些疑问。为了打消这些念头，他继续说起来。

"人是能思考的动物，因为能思考才被视为人，丧失了思考能力，就无法视之为人。思考能力在医学上需要用脑电波证明，换句话说，失去了脑电波，人就不存在了。患者的心脏跳动只能证明血液仍在这个身体里流动，患者毫无意识，跟植物没有两样，一般来讲，人们视之为植物人。"

此刻，殿村已经失去控制，任凭这些话从自己的嘴巴里涌出。

"我们绝不是想缩短活着的人的寿命，医学上已经得出的这种结论是毫无疑问的，所以我们才请求您作出决定。"

殿村完全是口是心非，但是，他觉得当前要说服里子是压倒一切的头等大事。

"这样下去，您先生的心脏很快就会停止跳动，到那时候也就没有一点儿用了。如果现在将其移植给别人，还能继续发挥作用。"

里子背对着上午的阳光，径直朝前坐着。

"这件事在医务处也是首例，不知道这种请求是否能得到您的同意，不过我们在考虑给您一些补偿。"

这时候，孩子的小手从她的背后伸出，像植物伸出的叶子一样摇动着。

"非得……"里子这才低吟着开口，"非得这样吗？"

面对里子的发问，殿村一时无言以对。

"这是我个人拜托您的。"

里子突然发声了，只见她双手掩面，像个少女般哭起来，接下来是摇晃着头放声痛哭。女清洁工见状，慌忙退出了房间。这时候，里子背上的孩子开始朝殿村咿呀作语。殿村则隔岸观火般望着这一切。就这样过了五分钟，殿村觉得自己如坐针毡，里子掏出手绢擦了擦脸。

"你们什么时候需要呢？"满脸是泪的里子问道。

"什么时候？您答应给我们了吗？"殿村往前探了探身。

里子的头看上去还在轻轻颤抖。

"行吗？"

里子两眼凝视着上空，她此刻毫无聚焦、若即若离的眼神，和现在躺在病房里，瞪着天花板的干三的眼神并无二致。难道里子也死了吗？殿村茫然地揣摩着眼前的情景，但他很快想起了自己的立场。

"非常感谢！"

殿村恭恭敬敬地鞠了一躬，但他立马就觉得自己的语言太过平实。里子背上的孩子俯视着殿村。

"明天，手术下午一点开始。"

手术进行一个半小时之后，医生就需要平井干三的心脏。这就意味着，平井干三的死亡时间就定在二月十日下午两点多。

里子茫然地点了点头,但是她真的全都理解了吗? 与其说是她理解了,还不如说是她扛不住眼前这帮倔强的男人的死缠烂打才无奈答应了。

"那就拜托您了。"

拜托什么? 殿村觉得自己所有的话都那么轻率,那么陈腐。实际上,他心里一时也想不出更贴切的话。

"还有,这件事请您不要对任何人讲。"

里子站起身,默默地鞠了一躬。这时里子没有哭泣。也许她本来就没有眼泪,也许刚哭完使她显示出她本来的倔强性格。她背上的孩子又睡着了。

里子的身影从黑板后面的门口消失了,屋里只剩下殿村一个人。他意识到自己和里子都是受害者,那么加害者又是谁呢? 是接受心脏移植的贵岛荣太郎吗? 可那老态龙钟的贵岛根本不可能是加害者。殿村又回想起津野教授那双褐色的眼睛。

五

翌日,平井干三从有六张病床的三二三号大病房搬到了三一二号单间。同病房的人都以为平井换到单间是因为病重,他们当然不可能知晓院方和家属已经达成了将干三的心脏提供给他人的密约。按照与殿村达成的约定,里子没有把这件事对任何人讲。看来,她是个守口如瓶的人。上午,干三做了心电图,还检查了肾功和肝功。下午,他又做了一次心电图,心脏未见异常。他的血压每隔三十分钟测量一次,夜里也不间断。

好几个医生轮流来这间病房,护士们忙碌地进进出出。干三的身旁一直摆着一台心电图机。

里子站在病房的角落里,望着忙碌的人们。她的眼睛既没有回避,也没有表现出特别的关注。平井干三的看护状况一下子变了样,跟以前相比,好像进入了全新的状态。一切都无须里子插手,虽说她是干三的妻子,但此时她却像是这台心脏移植大手术团队里的一员。

医生们的一切努力,都是为了确保干三的心脏在明天下午一点之前处于最佳状态。所有围着干三忙前忙后的人,都是为了干三的心脏,而不是为了干三的生命,这一点大家都心知肚明。

从里子同意移植的那一瞬间起,殿村一直悬着的心彻底崩溃了,他似乎失去了一个大目标。剩下的就是在明天下午一点钟之前,确保将干三的心脏手术取出,现在已经没有其他特别难的操作了。里子被丈夫"疏远"了,无独有偶,主治医生殿村也觉得自己被"疏远"了。原来由他负责的干三,如今已经不属于他了,而成了胸外科的干三。

"血压?"

"一百四十。"

"补液要再放慢一些。"

"明白了。"

又进来两名新医生,整个病房就像大战在即一般情绪高涨。殿村有更多的时间在远离他们的办公室里休息。即使他不在现场,年轻的同事们也会争着来监护干三。

那天晚上十点,做完最后一次心电图,病房里渐渐安静下来。至此,手术前需要的有关心脏移植的数据全部备齐了。医生走了以后,屋子里关了大灯,只留下床头的那盏读书灯还亮着。

大家散去后,殿村来到病房。此刻,里子披着毯子蹲坐在床边。

"累了吧?"

里子轻轻摇了摇头。

"要是睡不着的话,请服这个。"

殿村把装着安眠药的纸袋放在床头柜上。里子披着毛毯站起身来。干三发出轻轻的鼾声,进入了深度昏睡。

"那就这样吧。"

殿村快走到门口的时候,里子叫住了他:

"我说……"

"什么事?"

"没变吧……"在微弱的灯光中,里子的双眼直勾勾地盯着殿村。

"明天!"殿村回答的声音很大,连他自己都觉得吃惊。

里子像是被人呵斥了一般,当即不出声了。

那天夜里,殿村住在医院里。比起干三的状况,殿村更担心里子动摇。这一夜,殿村没有合眼,他一直惦记着里子的事。

从深夜到天明,值夜班的护士没有任何特别的报告。天一亮,第二外科就骚动起来。上午八点,津野教授来到医院。

上午九点,医务室的全体人员集合进行会诊。当然,今天的主题是关于心脏移植的。

首先,岛田副教授报告确认这台手术的情况没有泄露给新闻记者。接着,两位主治医生分别按顺序介绍了平井干三和贵岛荣太郎的身体状况,脉搏、体温、呼吸、心电图和血常规以及肝肾功能等情况。

津野只检查了他关心的事项。比起提供者干三,他更关心接受移植的贵岛。干三那边几乎没有问题,心脏一摘出来,他必死无疑。这使殿村想起"一刀了之"这个词。

大家再次评估了贵岛的全身状态。有人提出为了抑制术后的排斥反应,应该提前注射应有的药量。每个人都列举了各自掌握的文献资料。医生们议论的时候,殿村脑子里一直想着里子的事。殿村觉得,当前医务室首先要考虑的应该是里子的事,而不是干三和贵岛。津野默默地听完每个人的发言后,最后做了一言九鼎的决定。

十一点,上午的会诊结束,岛田和平岸直接去手术室点检手术器具。

殿村一个人来到干三的病房,别的医生都没来。干三下肢盖的被子被高高撩起来,里子正在用尿瓶给他接尿,从导尿管渗出的尿液已经积了多半瓶,殿村闻到了一股热烘烘的尿臭味。过了一会儿,接尿就结束了。

"完了吗?"

护士走过来，摘下了尿瓶。尿液要全部收集起来并计算出总量。里子两眼紧盯着尿瓶小心翼翼地递给护士，然后无助地用被子盖好干三的下肢。

里子脸上的皮肤粗糙无光，眼睛周围都是黑眼圈。昨天晚上，殿村给她留下的安眠药原封不动地放在原处。

"没有变化吧？"

"嗯。"里子嘴里小声回答着，两眼继续盯着干三。

干三的点滴换了新药。殿村的话与其说是问干三，倒不如说是问里子。可以说，干三的一切已经告终了。尽管如此，殿村还是例行公事地给干三把脉，听心音，确认点滴的滴速。干三的状态比平时还要好。

殿村听心音的时候，注意到里子的嘴动了一下，再问里子的时候，她却像吃了一惊，缄口不言。

"你说什么？"殿村收起听诊器问道。

"手术之后……"

"之后？"

殿村的嘴一下子卡了壳。"手术之后干三就成了尸体。"这句简单明了的回答一下子浮现在殿村的脑海里。眼下里子想问什么呢？

"你说之后？"

"几点……"

"下午两点前后。"

此刻，殿村突然感到不寒而栗。到两点，殿村就要把干三的尸体交给里子。自己干的这是什么事呢？尽管不是出于自愿，但殿村确实是自己动手摘除了干三的心脏,眼睁睁地看着他死去。自己干的这一切,里子都知道吧?

"两点……"

里子的面部轻轻抽搐了一下,表情黯淡僵硬。那种痛苦的表情直逼殿村。只见她眉头紧锁,扬起鼻子,嘴巴微张。里子的这种表情,殿村记忆犹新。殿村的脑袋微微颤动着,把脸转了过去,转身朝窗外望去。窗外的车流随着信号灯的变化流动着,就如同潮涨潮落一般周而复始。他再转回头看时,里子脸上痛苦的神色正在一点点褪去。痛苦过后的呆滞消失了,她的表情又恢复了正常。

"有亲戚来吗?"

"没有。"

里子理了理额角垂下的乱发。

"联系过吗?"

干三的眼睛朝向殿村这边。

"大概没有人来。"

"没有人来?"

里子似乎已经不想再回答什么了。

查阅病历的时候,殿村就知道干三的双亲已经不在人世了。他有一个亲哥哥在东京,里子说自己不太了解。干三和里子搬到这个地方来好像还不到半年。殿村想起曾经听护士们私下说,他俩好像是私奔或者逃出来的。

中午,津野召开了碰头会。会上简单听取了有关两名患者全身状态的介绍,其实这次碰头会的主要目的是再次确认手术的步骤。黑板上画着的心脏示意图上，标注了血管切断的部位和缝合的顺序。

"准备得不错吧？"津野环视全体人员问道。

津野褐色的眼睛里闪着异样的光芒。大家一齐点头，津野再次点头还礼。殿村的脑袋冰凉，他觉得这场面简直就像敢死队要出征一般。然后，全体成员像吃出征前的壮行饭一样吃完了午饭。

十二点半，在前往手术室的途中，殿村再次望了一眼干三病房里的情况。此时，干三已经被推往手术室了。干三的那张病床如今只剩下展平的被子，原来的病房一下子变得空空如也。一小时之前挂在点滴架上的吊瓶依然如故。里子怀里抱着孩子，望着窗外。里子转过身，她看见殿村的瞬间，眼神变得怯生生的。

"不必担心。"殿村安慰患者家属时常用这句话。但是，今天这种情况与往常截然不同，殿村一言未发。令他担心的是死亡的不安，这种不安越来越近。

"请等一下。"

里子直盯着殿村，好像想要从他的眼中探寻出什么似的。她的眼睛似乎在问："你和他们是一伙的吗？"她怀中的孩子挥舞着小手，朝殿村"呀呀"地叫个不停。看样子，孩子已经跟殿村熟悉了。殿村心想，孩子长大之后，会向里子问起父亲死亡的经过吧。

六

两个手术台并列一室，一边是平井干三，一边是贵岛荣太郎。

两个手术台之间相距不到两米。

贵岛那边配备了两名麻醉科的医生，正在给他实施全身麻醉，而干三这边却一名也没有，因为他本来就没有知觉，所以也不需要麻醉，他确实丧失了感觉和诉说疼痛的能力。道理是如此，但这却让殿村觉得毛骨悚然。

下午一点整，全体人员就位。

贵岛那边由津野主刀，其麾下有岛田、平岸和合田。干三这边只有殿村、布施和河边三人。另外，贵岛那边还配备了三人负责人工心肺，一人负责心电图，摄影师和照明师各一人，所有人员都穿着手术衣、戴着口罩，再加上三名麻醉师、器械传递员和两名替补护士，整个大手术室里进入的医护人员总数多达十九名。这间四十平方米大小、号称全院最大的手术室，此时也显得拥挤不堪。未获准进入手术室的几乎都是入院不到两年的新手。他们都聚在手术室上面的环形玻璃窗外的参观室里，观摩学习。津野手下的外科医生今天一人不漏，全部亲临现场。

"开始。"津野的发令声低沉有力。

两台手术同时开始了。虽说是同时动刀，可殿村稍稍犹豫了一下。他手持柳叶刀，窥视了一眼旁边的那个手术台。他看见了津野前倾的背影，此时津野已经开始动刀了。

"止血钳。"听得出这是平岸的声音。

殿村轻轻闭上双眼，一股他自己都觉得莫名其妙的力量让他拿起了手术刀。手术刀立刻锋芒毕露，直逼干三的左胸，切入皮肤，在第五根和第六根肋骨之间，由腋下斜切而下。殿村和津野下刀的方向是完全相同的。当切开到腋窝中间的时候，殿村停住了手。肺部手术的切口还需要再大一些，单纯的心脏手术切到这里已经足够了。要说够是足够了，当然切口再大一些操作起来更容易。殿村决定就切到这里。干三现在这种情况，根本不存在刀口过长或留下瘀斑之类的问题，也没必要担心术后的缝合和化脓等问题，但殿村心里始终存在对被摘除心脏的患者的那种过度焦虑。

血液从皮下的小血管里喷涌而出，两名助手赶紧用止血钳进行止血。表层的肌肉被左右拉开，他一边避免弄断血管，一边向深层切下去。布施和河边好像都产生了跟殿村同样的错觉。他们像往常一样，一根一根小心翼翼地钳住血管，分层切开肌肉。这一切他们都习以为常了，他们对待人体的那种谨慎态度丝毫没有松懈。分开肋间肌，切开胸膜，下面浮出了被朱红色心膜覆盖着的拳头大小的心脏。

"开创钩。"听得出平岸的声音混杂着麻醉机呼吸囊的声音。津野他们现在已经开胸了。

"开创钩。"稍迟片刻，殿村低声说道。

殿村的声音里充满了顾忌。其实也没有理由非得压低声音不可，但是殿村的声音很低。他对旁边教授的那台手术有所顾忌，但也不全是。旁边那台手术是重中之重，自己这边说到底只是辅助而已。殿村脑子里翻来覆去地想这些事，觉得自己有一种被人贬低了的感觉。把心脏摘出来交给别人就万事大吉了，他无法从这种毫无意义的虚妄之中摆脱出来。两台手术的进度基本同步，但殿村还是有意识地放慢了速度。一旦到达心脏部位，津野他们必须将血流系统由心脏为主切换到人工心肺为主。完成这项操作之后，才能制作血流旁通管。可是，殿村他们只要把心脏摘出来交给津野，工作就算完成了。因此，他的时间充裕，游刃有余。

胸廓深处朱红色的心膜下覆盖着心脏，每次射出和流回血液的时候，这肉块都会交替变换成鲜红色和暗红色。侵入胸廓内的手掌能感触到这块幼兽般的肉块的强烈排斥。暗黑色肺叶大象般缓慢地律动着，相比之下，心脏却像只小松鼠，轻轻松松地跳个不停，而且节奏明快。殿村暂时抽回手，仔细观察起来。他似乎看见这颗心脏在说自己才二十八岁。心脏仍在不停地跳动，似乎是在抗议自己遭到的不公正待遇。

"导管。"这是津野的声音。

殿村脑子里描绘出一幅用导管将大动脉连接到人工心肺的示意图。殿村自己动手，从器械台上拿起又重又大且带着双重锯齿的止血钳。他们知道，这个鲜活的心脏现在就要活摘出来了。布施和河边投来不安的眼神，然而此刻，望见他俩那怯生生的眼神，殿村心里突然生出一种残忍的欲望。他朝河边瞥了一眼，心想：真是个敢说不敢做的家伙。我们不是医生吗？怎么能被当下的情感所左右？殿村突然觉得自己胜券在握。

"动手。"殿村被自己的声音驱使着，催促着。

他觉得这简直不像是自己的声音。

"嗯！"

一瞬间，干三口中发出了一声野兽般的呻吟，他的上身剧烈抖动了一下。殿村手中那把止血钳的锯齿牢牢地钳住了大动脉的根部,干三全身的血流顿时戛然而止。瞬间,干三脸上现出血染般的红晕,没过多久,便又如退潮般一点点变得苍白。三个人面面相觑。

"继续。"最先恢复平静的还是殿村。

听到命令,河边和布施这才开始用止血钳牵住了怒张的血管。

殿村像一个游刃有余的匠人般舞动着手里的柳叶刀,切断了大动脉、大静脉以及肺动脉,接着又切断了连接心脏和人体的最后一根肺静脉。就在这一瞬间,殿村用左手的手掌将这颗孤立无援的心脏连根托起,他感受到了这颗心脏的分量。

这颗从两根切除的肋骨之间掏出来的心脏托在殿村的左手掌上,宛若一块上供用的年糕。这颗从干三身上摘下来的心脏依然还在跳个不停。浅粉色的心膜之中包裹的小东西,仍在孤单地继续跳动。此刻,整个干三都托在殿村的手掌之上。令人惊奇的是,这颗心脏看上去非常柔和温顺。三个人一下子如释重负,一齐凝望着这颗心脏。

"摘出来了。"殿村用沙哑的声音对津野说。

"完好无损吧?"

"是的。"

"先放到冰桶里。"

津野停住手,看了一眼托在殿村手掌上的那团肉块,心满意足地点了点头,他那褐色的眼睛里微微露出了笑意。

一名助手拿来一个冰桶,殿村用戴着乳胶手套的手,将用纱布包裹着的心脏小心翼翼地放入了昏暗狭小的冰桶之中。在接受移植的患者身体准备完成之前,这颗心脏必须冷却保存以维持其活性。

移交完心脏,殿村一下子放松下来。河边用吸引器在胸廓上形成的暗洞里吸着潴留的血液。殿村有气无力地拿起了持针钳,慢慢地缝合起已经僵冷成尸、失去肌体反应的皮肤。整好肋骨,缝合皮肤,尸体的外形恢复了原样。从外观上,没人能看得出他已经被盗取了心脏。

殿村心里的晦暗阴郁一时挥之不去。河边和布施也都一言不发。缝合完毕,揭掉大单,从头到脚一片灰白的尸体暴露无遗。围绕平井干三的一切宣布告终,同时也意味着殿村的所有任务到此结束。殿村朝着尸体轻轻地鞠了一躬,布施和河边也跟着鞠了一躬。此刻手术室的钟表正好指向了一点四十分。减掉心脏摘除后缝合用掉的十分钟,准确的死亡时间应该是一点三十分。不过,这能不能算是真正意义上的死亡时间呢?突然"被害时间"这个词在殿村的脑子里一闪而过。

殿村摘下乳胶手套的同时,扫视了一眼旁边的那台手术。大动脉已经连接到人工心肺上了,殿村只瞥了一眼就转身走出了手术室。负责传递器械的护士推着器械车紧随其后。布施和河边仍留在手术室里,看样子他俩是想继续观摩这台移植手术。此时的殿村浑身无力,根本没有心思往下看。他一个人回到更衣室,瘫倒在沙发上。他正要脱掉手术服的时候,听见了护士的问话。

"尸体就这样推下去吗?"

"尸体?"

听到护士把干三称为尸体，殿村觉得心里很别扭。

"移到床上吧。"

"可是棺材运过来了。"

"在哪里？"

"在手术室门口，在这里直接纳棺可以吗？"

"什么？"准备如此周密，反倒令殿村感到不快，"家属呢？"

"好像在太平间里等着。"

"太平间？谁带去的？"

"大概是病房的护士吧。"

"真胡闹！"

殿村突然发怒，把手术室的护士弄得一头雾水，她哪里知道殿村发怒的原因。

"就这样推下去好了。纳棺等推出太平间的时候再说。"

护士满脸委屈地退了出去。太平间位于地下病理解剖室的隔壁。看样子干三被推进手术室之后，护士就直接把里子带到太平间来了。是谁安排得这么周到？这简直令殿村忍无可忍。带着孩子的里子肯定是在冷冰冰的房间里等待着干三的尸体。一想起里子孤身一人面对着看管太平间的老大爷递过来的淡茶枯坐的情景，殿村就觉得一阵恐惧袭上心头。

七

殿村心里的阴影挥之不去。众目睽睽之下，他光明正大的行为没人非难。连知名的法学家都明确表示，这种行为没有问题，更不可能被兴师问罪。可是一想到这些，殿村的心里就五味杂陈、翻江倒海。虽然这一切都是合理合法的，但他的心里一直堵得慌，连他自己都觉得莫名其妙。周围的人可能很快就把这件事忘干净了，但在殿村心里，这件事却愈演愈烈，令他寝食难安。

他洗了个澡，想洗去负罪的记忆。他用戴着手套的手掌和手指使劲儿搓洗个不停，越搓洗越感觉一个黑黑的影子渗入了自己整个身体。洗完澡已经两点半了。此刻，贵岛身体中原来的那颗心脏已经像转入了预备役一样被闲置起来，取而代之并开始工作的是新换上的干三的那颗心脏。这跟汽车换零件没什么两样。

他侧目看着人头攒动的手术室，然后穿过前面的走廊回到了研究室。医务室的人倾巢出动去了手术室，整个第二外科从研究室到办公室寂静无人。他感到身心俱疲，根本没有精力观摩手术，也看不进去书。他就这样一个人在屋里，却静不下来。他突然想去理发。他想出去走走，医院里的理发室已经关门了，他只好穿过铁道口，来到医院右边一个路口处的理发店，百无聊赖的女店员正在看报纸。在椅子上坐下的殿村这才看见镜子里的自己，他面色苍白，口唇干燥。他看着自己，像在看一个杀人犯。

殿村从理发店里出来，已经三点半了，他走进一家咖啡馆。他仍然不想回医院。下午的咖啡馆里空空荡荡，除了他，没有第二个客人。他听着音乐，脑海中浮现出里子一个人枯坐在太平间里的身影。

五点钟的时候，殿村回到房间，手术十分钟前结束了，医务处的人员陆陆续续回来了。大家都以为先行一步回到研究室的殿村也跟他们一样,刚观摩完手术。

"就连教授也有些怯场。"

"那是刚开始的时候,后来他就好了。肺动脉缝合处是怎么处理的?"

"在动脉的地方采取三层结扎。"

年轻的同事在讨论着。

"教授呢?"

"正在洗澡。"一位去年刚通过考试的医生回答了殿村的问话。

这会儿津野正躺在浴盆里,体味着孤注一掷之后带来的充实感。殿村则感觉到了愤怒和挫败。

晚上六点,全体成员在医务室里搞了一场简单的酒会。手术最终成功与否,有待日后观察,现在不能下结论,不过现阶段可以说手术是成功的。贵岛荣太郎还躺在麻醉科的恢复室里昏睡,尽管新移植的心脏显示轻度脉搏不齐,但是心跳基本正常。

"大家辛苦了!"

在津野的提议下,大家一起干杯。医务处的二十个人,以津野为中心,按照入院年限依次排列。殿村的席位挺靠前的,但他心里对此困惑不已。大家都刚洗过澡,喝起啤酒来自然也快。

"脉搏每分钟八十次,体温三十七点二摄氏度,白细胞每升五千三百个,红细胞每升三十一万个。移植后的心脏心音良好,现在正在追加输血四百毫升。"

过了三十分钟,平岸向津野报告了贵岛的状况。"呜……"医生们发出了轻轻的呼声。喝了啤酒、面色红润的津野满脸堆笑。酒过三巡,大家的话题也由教授的主题渐渐分散成了其他的内容。毕业年份接近的几个人便同相邻或对面的人攀谈起来。话题虽然各种各样,但依然围绕着今天的这台手术。津野被岛田、平岸和合田围在中间,这些人都以津野的得意门生自居,他们就像世世代代捍卫宗主的武士一般追随在津野左右。这些人中,唯有殿村被疏远,不久他还会被发配到别的地方去吧。喝了啤酒有些微醺的殿村浮想联翩。

　　"教授指出我把心脏装反了的时候,我慌了手脚。要是真装反了,可就麻烦大了。"

　　听到平岸半带调侃地叙说着自己差一点儿把心脏装反了,津野得意扬扬地笑了起来。

　　"说起来,想和做还真不是一回事呀。"

　　"这下咱们这里可真成了全日本胸外科的中心了。教授的手法如此娴熟,看得我目瞪口呆,根本想不到这竟是第一例双心手术。"

　　"双心的方式可以说是世界首创,这绝对是天才的创意。"

　　三个人你一言我一语恭维着津野。这时,殿村想起平井干三的守灵仪式从七点开始。

　　"我还想再做一次呀。"

　　"这种机会很难得,一定要大功告成才行。"

　　津野听罢心情舒畅。

　　"这种方式肯定可行。"

"对不起,我先走一步,去参加平井干三的守夜。"殿村瞅准时机站起身来说道。

津野右手握着啤酒杯,抬头望着殿村。

"急什么,再坐一会儿吧。"

"去得太晚不太好。"

"那个寡妇长得倒是不错呀。"

平时一本正经的津野猛地冒出这么一句玩笑话,引得大家哄堂大笑。

"不是的。"殿村大声回答。

笑声一下子戛然而止。津野仔细打量着殿村,然后默默地点了点头。

"替我问好。"

医务室里一下子莫名其妙地安静下来。

"我想去送礼金。"

"上次说的那个。"津野瞧了一眼医务处长合田说道。

"按照您说的金额办的。"合田小声说道。

津野听罢点了点头。

"就这么办吧。"合田站起身,冲着殿村使了个眼色。

"我先告辞了。"殿村又鞠了一躬,退出了医务室。殿村知道,此刻满屋子医生的视线都集中在他的身上。

到了图书室,殿村从合田手里接过了装着钱的信封。

"这是十万,够了吧?"

"当初不是说三十万吗?"

"那是说,对方死活不同意的话就给三十万。"

"可是教授说过……"

"昨天他跟我说十万就行。"

不知什么时候,津野和合田把金额降下来了。

"做得过火反倒适得其反。这又不是收买心脏,十万,我看可以。"

"那好吧。"

殿村心想,即使给里子三十万,也抹不去她心里的悲伤。

八

殿村本以为按照病历上填写的地址很容易就能找到里子的家,可实际上并不容易。殿村在贫民区街道工厂混杂的小胡同儿里来回找了好几圈。这一带就像迷宫一样,到处都是低矮狭窄的小屋。他在杂货铺和报摊附近来回找了两圈,终于找到了那幢叫清心庄的公寓。这时已经七点钟了。他沿着狭窄的楼梯拾级而上,穿过堆满咸菜缸和鞋箱的走廊,看见从走廊尽头倒数第二家的门上贴着写有"平井"字样的白纸。门半开着,里面飘出念经的声音和焚香的气味。一平方米大小的门廊里摆满了鞋子,整个屋子里算上和尚也只有十个人。靠近门口坐着的人给殿村让出一块空位。除了里子,大家都穿着平常的衣服,其中还有一位穿着围裙的妇人。里子在最前排,看样子,她没有注意到殿村的到来。

殿村拿起佛珠,从人们的肩缝中向前望去。这是两间相通的房间,最里头的衣柜前安放着白色的木制寝棺。上面摆放着鲜花和供果。寝棺最里面是一个白布裹着的小盒子,上面摆放着平井干三戴着司机工作帽的遗照。照片上的干三把帽子戴在后脑勺儿上,大概是阳光耀眼的缘故,他的表情显得有些腼腆。殿村进门待了十分钟之后,念经结束了,接下来是简短的讲经。因为干三死于交通事故,那和尚滔滔不绝地宣讲了两遍,念叨的无非是人生无常之类的内容。

来的人不多,连香盆也没有用,大家只是按顺序到寝棺前烧香。和尚早早地收拾摊子准备打道回府了,看样子得不了多少布施,也没必要继续待下去。和尚走的时候,两个妇人和带孩子的男人也回去了。走了五个人之后,屋里一下子显得宽敞了许多。剩下的客人看样子是公寓里的人和车行的人。

看见殿村,里子吃惊地站起身来。满屋的人里面,只有里子穿着丧服。那身丧服穿在瘦高的她身上显得格外好看,效果出人意料。

"这次谢谢您了。"

殿村鞠了一躬,里子慌忙跟着鞠躬回礼。看得出里子的眼眶周围还留着泪痕。走近之后,他感觉到平井干三此刻正在亲切地望着自己,这是殿村第一次看到干三活着时候的表情。殿村无论如何也不能把照片上那个和蔼可亲的人和那具躺着的没有心脏的尸体联系在一起。

"这是医务处给您的。"

殿村从怀里掏出礼金。厚的那份上写着"第二外科"字样,薄的那份写着殿村的名字。如此一来,丝毫也不存在他祈求干三宽恕的意思。里子看了一眼手里的两个信封,只说了一句"对不起",就把头转向一边。

"葬礼定在什么时候?"

"明天上午十点。"

"你今天晚上怎么办?"

"我今晚就睡在这里。"里子身旁的那个打扮入时的女人说道。

殿村凭感觉认定她是个在夜店上班的女人。里子的身后还有一个穿着和服的少女,从侧面看,她跟里子长得一模一样,像是里子的妹妹。

到了公寓的房间里,寝棺就显得特别大,好像占据了整间屋子。打扮入时的女人端着茶。里子的孩子躺在寝棺旁垫高的被子上睡着了。里子端坐在殿村面前,默默无言。

"那么我告辞了。"殿村站起身来。

"真对不起。"里子走到门口又鞠了一躬。

殿村系好鞋带站起身,他的脸和里子的脸离得很近。

"我说……"里子的嘴微微动了一下。

"您说什么?"

"那个人……"

"哪个人?"

殿村看到里子的嘴角在颤动。

"那个接受手术的人……"

"啊,活着呀。"

"唉!"殿村说完,里子发出了近乎悲鸣的声音。

她那沉稳的表情扭曲起来,痛苦的表情笼罩了她的整张脸。里子站着,但是她的整个身体都倚在门口的柱子上。殿村站在原地,片刻,他看到里子的表情开始缓和。

"阿里,阿里。"屋里传来女人的呼唤声。

"那就这样。"

殿村再次朝着里面干三的照片鞠了一躬,然后走出了屋子。他出来了,平井家的门还照样开着。下楼的时候,殿村觉得里子的那种痛苦的表情似曾相识。坐上出租车,殿村终于想起来,听说干三的心脏将继续存活的时候,里子曾经表现出同样痛苦的表情。

九

手术的第二天,贵岛荣太郎除了有几次脉搏不齐之外,身体没出现特别的变化。植入的那颗心脏在贵岛体内替代了原来的心脏,如津野他们所希望的那样工作着。入夜后,他出现了低烧和少尿,到了深夜,上述症状都消失了,但是他的意识仍然没有恢复。

第三天,患者再度发烧。通过 X 光检查发现,其左肺下叶有白色云雾状阴影,医生给他注射并口服了抗生素。他的血液检查结果为白细胞每升四千二百个,红细胞每升三百二十万个,白细胞明显减少,他被诊断为轻度肺炎并发症。手术团队成员被叫到了教授办公室讨论是否对外公布心脏移植手术的消息。

下午,贵岛发烧三十八摄氏度,使用退烧药也没有效果。可以断定为防御反应减弱,大家最担心的术后肺炎正在逐渐扩散,如果肺炎持续发展就危险了。最后,主刀的三个人达成一致意见,推迟一两天再对外公布消息。

晚上,贵岛的体温再度升高。原本已经撤下的呼吸机又重新启用了,点滴里加入了抗生素。尽管发烧,但他体内那颗移植的心脏本身状态极其良好。

"看样子有点儿危险呀。"傍晚时平岸回到办公室,一进门就说道。

他从昨天就没有回家,一直监护着病人。

"还是肺炎吗?"殿村问道。

"我仔细观察过了,症状非同寻常。"

"是哪一种细菌呢?"

"无法判断,没发现引起肺炎的致病细菌。"平岸站在原地,心急火燎地说道。

"不是说手术已经成功了吗?"

"说得好听。"

殿村虽然嘴上表示同情,心里却平静坦然。

"除了那颗移植的心脏之外,患者其他情况怎么样?"

"如果不以患者整体状况来论,那么移植就毫无意义。"

"可是,介绍双心方案特征的时候不是说,如果患者陷入危急状态,可以把刚植入的那颗心脏再摘出来,重新启用原来的那颗旧心脏吗?"

"就算可行,现在也已经来不及了!"

平岸像个泄了气的皮球,一屁股坐在椅子上。

"好不容易才移植进去,谁都不愿意再摘出来。"

"这倒也是。"面对灰心丧气的平岸,殿村说话的语气十分冷漠。

第四天,贵岛的体温升到了三十九摄氏度,而且一直居高不下,下肺部全部被白色的异常阴影笼罩起来,医生对其连续输血并注射抗生素也丝毫未见改善。津野两度亲临病房巡诊,但是患者状况仍然持续恶化。从傍晚开始,贵岛的意识又消失了。平岸、合田、河边等五位医生留下来观察。

"他活不过今晚。"

在医生中,殿村现在最为冷静,手术失败早在他的意料之中。

这种手术能成功吗?殿村一直都持怀疑态度。傍晚,医务处召集全体医生开会,津野双手插在上衣口袋里开始发言。

"正如诸位看到的,接受移植的患者现在很危险。毫无疑问,可以断言,手术本身是成功的,可是抑制排斥反应的方法失败了。这是宝贵的经验。"

所有人都低着头洗耳恭听。

"现在我再强调一遍,这个结果绝对不能对外泄露!"

医生们听罢面面相觑。

"能做到吗?"

大家纷纷点头。

"你呢?"津野的双眼直盯着殿村。

"没问题。"殿村回答道。

"那就好。"

津野说完,转身走出了医务处。

晚上七点,殿村换完衣服准备回家。平岸的提包和衣服还留在他的衣柜里。教授办公室的灯光依然亮着。殿村想:"今晚平岸大概也不回家了。"这时,电话响了起来。

"喂,喂。"

听筒里的女人声音很低,殿村觉得这声音有些耳熟。

"我是平井。"

"您在忙吗?"

殿村顿时觉得这声音记忆犹新。

"劳驾您,再给我出一份死亡诊断书,还要一份住院的费用明细,保险公司说需要。"

"什么时候要呢?"

"明天能拿到吗?"

电话好像是在街上打的,里子的话音很快就被电车的声音盖住了。

"明天吗?"

"嗯。"

"我明白。"

"麻烦您了。"

"您忙得怎么样了?"

殿村想起来,自己只去过守灵现场,并没有去参加葬礼。

"上次的事,非常感谢。"

里子指的是礼金的事。

"明天我过去取。几点合适呢?"

"诊断书立马就能写出来,费用明细要找办公室的人去办,需要明天一整天的时间。"

"那晚上可以吗?"

"六点钟,在上次那个咖啡馆见吧。"

"我一定去,就在那个勃朗峰吧。"

通话到此结束,一向话不多的里子这次挺爽快。接了这个电话,殿村又回想起守灵那天晚上里子那种痛苦不堪的表情。他穿好外套走出房间,河边从对面的第二研究室里蹦了出来。

"贵岛快不行了,这会儿……"

"是吗?"

"您这是准备回家吗?"河边上下打量着准备回家的殿村,语气略带责备。

"是的。"

"遗憾,真是太遗憾了。"

此刻,脸上略带稚气的河边看上去快要哭了。

"开始说得挺好,可现在……"

说完,河边像是忽然想起了什么,匆忙往病房跑去。殿村重新提起皮包继续朝大门走去。

当天晚上八点,医生宣布贵岛死亡。这是手术的第五天。直到最后那一刻,从干三身上移植过来的那颗心脏还在跳动。这是第二天殿村从河边嘴里听到的消息。

十

殿村记得,七天前,自己就是在这里倚着椅子跟里子见面的。当时,里子来得迟了些,说是哄孩子睡着了才来的。她不声不响,只是默默地听着殿村滔滔不绝。那时候,干三和贵岛都还活着。殿村这才意识到,仅仅过了一个星期,这两个曾经的病人都从他的身旁消失了。

里子推开绿色的玻璃门走了进来。她换下了陪床时一直穿着的那件黑色的外套,换上了一件浅紫色的罩衫。

"给您添麻烦了。"里子鞠了一躬,继续站着说,"上次非常感谢,让您破费了。"

"收下就好。"

里子的头发朝后梳着,前额的头发向左右分开。

"孩子呢?"

"我妹妹在照看着。"

殿村回想起在公寓里见到的那个长得很像里子的少女,她看上去满脸稚气。

"都处理好了吗?"

"嗯,差不多了。"

干三的祭坛设在哪里呢?殿村还没有去祭拜过干三的遗骨。

"太麻烦您了,真对不起。"

"不,没什么。您吃过晚饭了吗?"

"我现在不饿。"里子搅着咖啡回答道。

她很少直视着别人说话,给人的印象总是低着头说话。殿村回忆起只有两次例外。在满脸痛苦的时候,里子才慢慢地抬头后仰。那一瞬间,她直起身来,似乎忘记了矜持。

"这是您要的文件。"

里子接过文件,简单地看了一眼就装进了手提包。

"真对不起。"

里子的话很少,只有三言两语,而且面无表情,但是殿村对里子的想法了如指掌。

"今后有什么打算?"

"我打算回乡下去。"

"回娘家吗?"

里子使劲儿摇了摇头。

"这个地方我已经待够了。"里子满不在乎地说。

里子要带着孩子和干三的遗骨到哪里去呢?也许里子具备的生存本领是殿村无法想象的。

这时,里子像是一下子想起了什么,突然抬起头来。

"那个人还活着吗?"

"那个人?你是说贵岛吗?"

里子点了点头。

"死了。"

"死了?"

里子的双眼直勾勾地盯着殿村,她那双单眼皮的眼睛一眨不眨地瞪着。

"真的死了吗？"

"就在昨天晚上。"

里子连着点了两下头，然后慢慢眯起眼睛，垂下眉毛，表情松弛下来，嘴角上扬，露出了微微笑意。这微笑像波纹一般从唇边传及嘴角，又从嘴角传及双颊，最后传遍了整张脸。

"死了呀。"

里子从喉咙里发出了汽笛般低沉的声音。她的声音逐渐升高，不久变成了爽朗的笑声。

这是殿村第一次看见里子笑。有什么可笑的吗？殿村心里琢磨着，但看着看着，殿村也渐渐被她的笑声感染了。

两人隔着桌子笑个不停。相视而笑的同时，殿村心里猛然意识到，自己应该快要离开大学医院了。

后记

迄今为止,我执刀为许多病人做过手术,察其血,寻其神经,触其骨,睹其死。

我对于人体,最初的三年,只是恐惧和惊异;接下来的三年,怀揣梦想;其后的三年,便是绝望和顺从;最终,我开始感悟出自然科学实际上是和浪漫如影随形的。

从这个意义上讲,这本集子是我经历的医学和人相结合的曲折历程。

迄今为止,我对人性的思考和这十年间确知的所谓肉身实感之间存在很大的差异。如果有人单纯地问:"人的精神和肉体哪个为主?"我只得选择肉体。其实应该说,是人体在自然科学的武器面前一步步失去神秘光环的悲哀,迫使我弃医从文走上了文学之路。

渡边淳一